Roberto, con
mucho cariño
espero que disfrutes
este corto cuento.
Gracias por tu tiempo
y tus consejos.
Y ya sabes.
Un abrazo Abril/2018

Pepa

Dime si no has querido
Antología de cuentos desterrados

VV. AA.

literalpublishing

Todos los derechos reservados
D. R. © 2018, Literal Publishing
5425 Renwick Dr.,
Houston TX 77081
www.literalmagazine.com

ISBN: 978-1-942307-27-3

Ninguna parte del contenido de este libro puede reproducirse, almacenarse o transmitirse de ninguna forma, ni por ningún medio, sea éste electrónico, químico, mecánico, óptico, de grabación o de fotocopia, sin el permiso de la casa editorial.

Impreso en Estados Unidos / *Printed in the United States*

ÍNDICE

Sobre el arte de saltar al vacío (a manera de presentación) / Rodrigo Hasbún, *9*

El señor Albarrán / Ana Escalona Amaré, *17*

Las medallitas / Gilberto Pérez, *25*

El príncipe guaraní / José Carrera, *35*

Reflejos / Nathalie Audibert, *43*

El lazo azul / Grace P. Bedoya, *49*

El antiguo sonido del polen / David Dorantes, *63*

Del otro lado / Norelis Luengo, *71*

Elisa / Pepa P. Castán, *85*

Signos / H.M. Chejab, *93*

La Montse / Lissete Juárez, *103*

Sobre el arte de saltar al vacío

(a manera de presentación)

Rodrigo Hasbún

El trampolín tiene diez metros de alto y vemos cómo van subiéndose adolescentes y ancianas, jóvenes y niños. Desde abajo parecía fácil saltar pero ya arriba empiezan a sentir el vértigo y la adrenalina, una vulnerabilidad inesperada. La cámara los filma a la distancia, sin inmutarse, quieta. Algunos luchan contra sí mismos de forma ruidosa, a otros las rodillas les empiezan a temblar justo cuando se asoman al borde. Hay quienes se dan por vencidos de inmediato. Unos pocos se ríen, cierran los ojos, saltan nada más.

Hacia principios del taller vimos el video con la idea de que los participantes escribieran la historia invisible de alguna de esas personas. El desafío consistía en ponerse en su lugar pero además, claro, la escritura misma era una especie de salto al vacío que los participantes del taller debían enfrentar a su vez. En cierta medida eso mismo es lo que venían haciendo semana tras semana, y lo que siguieron haciendo desde entonces: subirse a trampolines desde los cuales lanzarse a lugares recónditos de su imaginación, a recuerdos gratos o inquietantes, a la necesidad de mirar sin pestañear.

Dime si no has querido reúne diez de sus mejores saltos, cada uno de ellos precedido por el pedido común de que escribieran un autorretrato breve siguiendo el modelo que Édouard Levé ofrece en su memorable *Autorretrato*. En otras palabras, podría decirse que este libro es un muestrario, a mi parecer extraordinario, del entusiasmo, la valentía y la pasión que diez escritores hispanohablantes radicados en Houston compartieron los dos últimos años en un taller de escritura ofrecido en las instalaciones de *Literal*, la estupenda revista y editorial dirigida por Rose Mary Salum. Algunos de ellos estuvieron ahí desde el primer día, los demás fueron llegando de a poquito. En todos los casos, en medio de las premuras de la rutina, intentaron cumplir con las lecturas y desafíos que yo iba lanzándoles cada martes: escribir un cuento con una narradora de no más de once años, que el personaje principal sea no vidente, que la escena más importante suceda en un bus que atraviesa una ciudad desconocida en medio de la noche, que solo haya diálogo.

Apenas lanzaba los desafíos casi siempre me quedaba con la sensación de que a mí no se me ocurriría nada interesante, de que me resultaría imposible saltar de esos trampolines. Para mi sorpresa, ellos no se amedrentaban ni cohibían, y siete días después llegaban con un nuevo cuento bajo el brazo. Cuando decidimos armar esta antología había, por lo tanto, bastante material de dónde elegir. Siguieron meses de lecturas y relecturas, de evaluaciones difíciles y discusiones interminables y dudas contagiosas, todo eso que aparece cuando uno empieza a publicar. Luego, tras decidir juntos qué cuentos incluir, pasamos varios meses más en el trabajo de edición.

Soy de los que creen que en última instancia la escritura es un acto de entrega, una respuesta a veces sigilosa y a veces urgente a lo terrible y hermosa que es o puede ser la vida. En estos cuentos abundan la entrega y el amor por esa vida que no deja de moverse allá afuera, allá adentro. Desde una Caracas violenta a un pueblo perdido en el Paraguay, desde una afiebrada Ciudad de México a una Houston oculta en un armario, en prisiones y hospitales, en museos y pasos fronterizos, en edificios cosmopolitas y mansiones venidas a menos, los personajes se enfrentan a dilemas y fantasmas persistentes, al lado más luminoso de las cosas y también al más oscuro. En medio de todo, el lector se topará con una multitud de momentos de una gran humanidad y empatía, mientras atraviesa un espectro de tonos y texturas que lo irán empujando de lo cómico a lo macabro, de lo melancólico a lo rabioso, de lo erótico a lo visceral.

Nunca dejó de sorprenderme que cada martes coincidiéramos alrededor de una misma mesa escritores de tan diversa proveniencia, mexicanos y venezolanas, española y colombiano, paraguayo y boliviano, sin contar a los demás escritores que fueron parte del taller en algún momento. Houston es una ciudad cada vez más latinoamericana y cada vez más de todas partes, y su literatura y su arte felizmente responden menos y menos a una sola cultura, a una sola nacionalidad, a un solo grupo o raza. Aunque sea un poco redundante, no está de más apuntar que *Dime si no has querido* celebra de manera íntima esa mescolanza, la proliferación de realidades confluyentes, las formas tan bellas que adopta nuestro idioma en boca de unas y otros.

Dime si no has querido

Antología de cuentos desterrados

EL SEÑOR ALBARRÁN

Ana Escalona Amaré

Ana Escalona Amaré

Ciudad de México, 1973
En Houston desde marzo de 2005

No he decidido aún qué quiero ser cuando sea grande. He vivido el cincuenta y nueve por ciento de mi vida en Estados Unidos. Mis padres y mis cinco hermanas encabezan la lista de lo mejor que me tocó. Sostengo una sana relación con el vino tinto y el café. Me causa una enorme ansiedad que se acaben los limones. Elegí, sin proponérmelo, un esposo musical. México me mantiene enamorada y adolorida. Tengo un hijo que es bueno contando chistes y otro que es chistoso. Al menos una vez al día deseo silenciar a la loca que vive en mí. Ser conservadora en mis actos y liberal en mis pensamientos es un equilibrio que me funciona bien. A mi amiga más antigua la conservo desde que aprendí a leer y a escribir. A mis amigos más nuevos los he conocido en el taller de los martes, reaprendiendo a leer y a escribir.

Me aprieta el pantalón. Ya me dijo el doctor que tengo que bajarle a la tortilla y al queso pero qué le voy a hacer, soy antojadiza. Aquí en el trabajo paso una gran cantidad de minutos pensando en lo que voy a prepararme de cenar. Enchiladas de mole con arroz blanco y frijoles refritos. O sopecitos de pollo con salsa verde de molcajete. O unas quesadillas de flor de calabaza en tortillas de maíz hechas por mí.

Pienso que hoy va a ser un buen día. Es miércoles y los miércoles no viene tanto chamaco al museo y es cuando acostumbra venir el señor Albarrán. Yo sé cómo se llama, aunque él no sepa que lo sé, ni tampoco cómo me llamo yo. Visita el museo desde hace tiempo, yo diría que desde hace más de cuatro años, y siempre viene los miércoles, que es el día más tranquilo. Podría asegurar que no se presenta los otros días porque a él también le aturden los chamacos. En fin de semana tampoco creo que venga. Yo a Dios gracias ya no trabajo en fin de semana, de algún privilegio habría de gozar después de tantos años.

–Buenos días –le digo cada vez que lo veo entrar a mi sala.

–Buenos días, ¿cómo le va? –me responde él siempre tan cortés.

La semana pasada no vino pero yo creo que hoy sí va a llegar. Miro la banca de en medio y luego el reloj. Como no hay ningún visitante en la sala, camino hacia la esquina contraria y luego vuelvo a mi puesto. Paso el peso de mi cuerpo de una pierna a la otra, a ver si así consigo un poco de alivio. Contemplo los cuadros sobre la pared otra vez.

El señor Albarrán casi no tiene pelo pero el poco que tiene es plateado igual que su bigote, y su piel es blanca, casi transparente. No es gordo ni flaco. Aunque usa anteojos, a través de ellos se deja ver una mirada que da confianza. Acostumbra vestirse elegante, casi siempre de pantalón beige, camisa de cuadros, corbata, chaleco y zapatos café oscuros, boleaditos. Antes, cuando caminaba con su bastón, iba bien jorobado.

Cada miércoles se pasea por distintas salas del museo y sin falta se detiene un buen rato en la mía, que no por nada es la más bonita y la más visitada. Tiene pinturas enormes de muchos colores y casi toditas son de artistas mexicanos, de Dr. Atl, de Diego Rivera y de Rufino Tamayo, que es el que a mí más me gusta. Una de sus pinturas se llama "Perro de Luna", y me recuerda a Lobo, mi perro. A Lobo lo recogí de la calle. Parece pastor alemán pero no es fino. A mi nieto le encanta ir a mi casa a jugar con él, aunque en realidad a mi nieto me lo llevan poco.

Las primeras veces que vi al señor Albarrán venía con un amigo que tenía una mata de pelo blanco abundante que contrastaba con su piel morena. Era altote y panzón, de esos a los que seguro el doctor ya le prohibió las tortillas y el queso. Cuando venían, el señor Albarrán casi no dejaba que su amigo hablara. Se detenía en cada uno de los cuadros y movía brazos y manos, se alejaba y luego se acercaba a las pinturas, y se me ponían los nervios de punta de solo pensar que iba a tener que llamarle la atención. A mí me daba curiosidad verlo así tan entusiasmado hablando sobre los cuadros y me preguntaba qué tanto les vería, ni que fuera el buffet al que a veces me invita mi hijo los domingos. Me acercaba para escuchar lo que decía pero la verdad no le entendía mucho.

Un día dejó de venir con su amigo. Al señor Albarrán se le veía como triste, diferente, pero tal vez era mi imaginación.

–Disculpe señor Albarrán, usted no sabe mi nombre y yo no tengo permitido hablarle, pero ahora que no trae más a su amigo, si quiere cuénteme a mí lo que le explicaba a él, pues yo por más tiempo que miro estos cuadros, los miro y ya –estuve a punto de acercarme y decirle varias veces. Pero siempre tocaba la mala suerte que entraba otro visitante a la sala, o se asomaba uno de mis compañeros o, peor tantito, pasaba mi jefa y no me quedaba otra que volver a mi lugar.

Hace como dos años lo vi entrar en silla de ruedas. Di gracias al cielo pues las últimas veces como que ya se tambaleaba, y yo con el Jesús en la boca de que se fuera a ir de frente, bastón y todo. Pero al mismo tiempo verlo así en silla de ruedas me dio no sé qué. Lo empujaba una mujer de más o menos mi edad. Llevaba uniforme y zapatos blancos, y el cabello recogido en un chongo bien estirado que solo de verlo me daba dolor de cabeza. Supe que se llamaba Irma porque así la llamaba cuando ella se sentaba a esperarlo en el banco del centro de la sala, mientras él se detenía una eternidad a observar cada cuadro.

Ya estaba yo con la duda de si el señor Albarrán no tendría perro que le ladre, aparte de Irma, cuando un día, solo uno, lo vi llegar empujado por un muchacho de unos veintitantos. Era bien parecido, de pelo negro, cejas pobladas y ojos bien grandes. A leguas se notaba el cariño que se tenían. Yo sentí bonito de ver al señor tan contento y en eso estaba cuando de pronto entró el jefe. Sí, el mero mero, el jefe de mi jefa, el director de todo el museo.

–Señor Albarrán, ¿cómo le va? Qué gusto que nos visite otra vez. Me dijeron que quería verme.

—Sí, le quiero presentar a mi nieto —respondió, y se pusieron a conversar los tres.

—¿Tiene alguna pieza nueva en su colección? —escuché que le preguntaba el jefe.

—Pásese por mi casa un día de estos para ver mis nuevas adquisiciones —le contestó el señor Albarrán. Luego mencionó varios nombres que la verdad no me sonaban conocidos.

No sé por qué cuando se despidieron se me ocurrió que a mí también me gustaría presentarle a mi nieto. No a mi jefe, al señor Albarrán.

La semana pasada fue la primera vez que no lo vi. Al principio no me preocupé porque no es como si siempre venga a la misma hora.

—Ya vete a comer —llegó a decirme mi compañera.

—No, mejor al rato.

—Al rato ya no te voy a poder cubrir. Ándale ve de una vez.

Vi el reloj y pues sí, ya era tarde y me acordé de la torta de milanesa con queso y frijoles que había empacado y ni modo, me ganó el hambre.

Pero hoy el señor Albarrán tampoco ha venido. Antes de ir a almorzar le digo a mi compañera que si lo ve entrar me vaya a avisar. Tengo la esperanza pero al final no viene en todo el día. Supongo que está enfermo. En los últimos meses ya se veía apagadón. Incluso cuando me saludaba me costaba entenderlo, pues babeaba mucho. Irma se la pasaba limpiándolo como a un bebé.

Regreso a casa después del trabajo. Al abrir la puerta Lobo me recibe meneando la cola y mirándome con sus ojitos agradecidos, pero ni él ni los tacos de rajas con crema consiguen subirme el ánimo. Dejo la mitad en el plato y mejor le marco a mi hijo. Me contesta mi nuera.

–¿Está Mario?
–No ha llegado aún.
–¿Van a venir el domingo?
–No sé. Yo le digo a Mario que luego le avise.
–Y Ramón, ¿está por ahí? –le pregunto por mi nieto.
–No, salió a jugar –me dice ella.
–Bueno, luego le llamo.

Ya voy a dejar de pensar en lo que le habrá pasado al señor Albarrán, pues ni que fuera algo mío. Acerco el plato, me termino los tacos y luego me caliento un vaso de leche.

No me gusta quejarme, pero hoy sí me duelen mucho las várices.

LAS MEDALLITAS

Gilberto Pérez

Gilberto Pérez

Monterrey, 1960
En Houston desde septiembre de 1998

Prefiero una plaza de pueblo a una sala de cine. Las tormentas me tranquilizan. Todas las mujeres me gustan pero muy pocas me fascinan. Soy calculador. Me enloquecen los crepúsculos. No me gusta lo dulce pero sí la dulzura. Prefiero escuchar a hablar. Tengo cara dura y corazón blando. Mi memoria favorita es la selectiva. El fuego me hipnotiza. No creo en el color gris. La luna tiene el poder de cambiarme el humor. Soy de mente rápida y lengua lenta. Odio usar calcetines. Me gusta el sarcasmo. Disfruto cuando se me hace agua la boca. La gente tiende a pensar que voy un paso adelante, yo me siento atrasado todo el tiempo. Me seduce la magia de ver nacer historias. Me cautivan las faldas a contraluz. Mataría por mis hijas.

Entré a la comisaría sin esperanza de recobrar nada. Sabía que el trámite sería tedioso, burocrático. Había que hacerlo por principio, por recuperar un poco de la dignidad perdida, por liberar la rabia. Serían cuatro horas de espera, papeleo, cuestionarios, fotos, retratos hablados y preguntas ridículas.

¿Tiene las facturas de los objetos robados?

¿En algún momento utilizaron la fuerza?

¿Usted o algún miembro de su familia se sintió amenazado?

Como si guardáramos facturas de los nacimientos y bautizos, de los cumpleaños, de los recuerdos. Como si la violencia tuviera que ser física, y la invasión de tu casa, de tu intimidad, no fuera violencia. Como si las amenazas llegaran por invitación...

A las 9:30 de la mañana apuré un café y me dispuse a bajar al puesto de revistas que estaba cerca de nuestro apartamento. Era un ritual que cada semana mi hija de tres años y yo compartíamos y disfrutábamos: caminar al pequeño puesto a comprar la edición dominical de *El Universal*, con todas esas comiquitas que a ella le gustaban tanto y la sección cultural tipo *New York Times* que yo devoraba con entusiasmo. Ese día, sin embargo, decidí que en lugar de caminar tomaría el auto, conduciría a la zona comercial a cargar gasolina y de regreso pararía en el puesto de revistas.

–Full por favor, sin plomo –le dije al dependiente–, y chequea los cauchos y el nivel de aceite.

170 bolívares incluyendo la propina: me seguía pareciendo increíble que llenar el tanque del auto costase poco menos de un dólar.

Hacía un día espléndido en Caracas, manejaba despacio y relajado. Mi niña iba absorta jugando con las muñecas de goma tan de moda esa navidad. ¿Cómo ir alerta en un día así?, me pregunto ahora tratando de racionalizar mi sentimiento de culpa, repasando en mi mente cada detalle, como si de esa manera pudiese cambiar parte de la película.

Al poco tiempo de haber salido de la estación de servicio, vi por el espejo retrovisor una furgoneta que había cargado gasolina al mismo tiempo que yo. Viene muy rápido, pensé, y bajé la velocidad para darle oportunidad de que me rebasara. Era una carreterita sinuosa que separaba al club de golf de la urbanización adyacente en la que vivíamos.

Mientras mi instinto me ponía en estado de alerta, sentí que el camino se hacía más y más estrecho, forzándome a orillarme hacia mi derecha. Traté de echar reversa, pero un auto pequeño ya se había encargado de bloquear cualquier posibilidad de escape. En ese momento supe que sería un día muy largo, y pensé: ojalá sean profesionales.

Varios sujetos se bajaron de ambos vehículos, mostrando sus armas de manera discreta pero visible, insinuando un "estate quieto". Dos de ellos se aproximaron a las puertas traseras de mi auto y sin gritos, casi con amabilidad, me pidieron que quitara los seguros.

–Guarden eso, no es necesario que las vea –les pedí señalando a mi niña con un movimiento de cabeza, y dirigiéndome a ella, que iba en el asiento delantero junto a mí, dije–: mi amor, saluda a tus tíos –mientras "los tíos" se acomodaban y cerraban las puertas.

–Hola tíos.

–Hola nena –contestaron al unísono entre divertidos y sorprendidos, escondiendo sus armas. Al menos, pensé, ya habíamos establecido el tipo de comunicación que nos convenía a todos.

–Llévense el auto, les prometo que no daré parte –dije como teniendo una conversación con amigos.

–Mejor invítanos a tu casa –contestó el que parecía de mayor jerarquía, un hombre joven y rubio con sonrisa cínica y ojos perversos–. Seguro encontraremos algo para desayunar.

–Nos podemos meter en un problema serio, mi esposa tiene siete meses de embarazo y el susto le puede provocar algo –dije tratando de persuadirlos–. Llévense el auto y mi cartera y déjennos ir, no reportaré nada.

–No –dijo el rubio ya sin sonrisa–, vamos pa tu edificio.

Dijo edificio, pensé. Vivíamos en el decimosegundo piso de un edificio de lujo. Comprendí que no habíamos sido escogidos al azar.

–Acércate a la caseta muy normalito pana, no quiero ningún peo, ¿oíste?

–Sí, tranquilo, yo tampoco quiero sobresaltos.

Pasamos la caseta sin que el vigilante sospechara nada. La furgoneta y el vehículo pequeño se siguieron de frente sin pararse en el edificio. Entramos al estacionamiento subterráneo, nos bajamos del auto, me agaché para cargar a mi niña y nos dirigimos hacia la zona de ascensores de servicio.

El trayecto de doce pisos me pareció eterno. El rubio me miraba con cara burlona mientras yo acariciaba la cabeza de mi hija.

–Todo será muy rápido, dólares y joyas –dijo. En ese momento las campanas de la iglesia de la urbanización llamaban a misa de diez. Solo había transcurrido media hora.

Entramos al departamento por un pasillo que conectaba los elevadores de servicio con la cocina. Le dije a la niña que se fuera al cuarto de televisión a buscar a su hermanita dos años mayor. Mi esposa, con una panza enorme, preparaba el desayuno. Vestida con una bata muy ligera, me miró arqueando las cejas, desconcertada. Tapaba la ligereza de su bata como mejor podía.

–Necesito la llave de la caja fuerte –le dije, mientras los dos sujetos le mostraban las armas levantándose un poco la camisa. Luego arrancaron los teléfonos y los aparatos de intercomunicación.

–Si tratan de avisar a alguien se mueren todos. Y usted tranquila, señora. No vaya a tener aquí a su carajito –le dijo el rubio.

Para mi asombro, mi esposa estaba más enojada que asustada. Una gota de sudor le resbaló por la sien mientras se sentaba e intentaba tapar la enormidad de sus senos listos para la lactancia. Yo le tomé las manos y le dije con mi voz más convincente que todo iba a estar bien.

–La llave está en la cajita de mis pinturas –dijo.

Nos dirigimos hacia el vestidor de la recámara principal, en donde me dispuse a abrir la caja fuerte. El rubio, con un leve empujón, me hizo a un lado y procedió a vaciarla. Primero contó los dólares, billete a billete hasta llegar a ocho mil. Analizaba con atención los relojes y las piezas de joyería que iba extrayendo de la caja y, curioso, me hacía preguntas sobre los objetos, o exclamaba emocionado las características de alguna pieza en particular.

Coño, este Rolex sí es de verdad.

Estos zarcillos están de pinga, le van a gustar a mi novia.

Cómo brilla la piedrita azul.

Mira pana, un Cartier.

Lo que iba sacando se lo daba a su compañero, quien colocaba todo encima de la cama todavía sin tender.

Vi con el rabillo del ojo que mi esposa entraba a la recámara ya cubierta con una bata gruesa, lo cual me causó alivio, pues había notado cómo el compinche no dejaba de mirarla, y no precisamente a los ojos.

Con un movimiento de cabeza le supliqué que saliera de la habitación. No me hizo caso, y no solo eso, sino que, ante mis ojos incrédulos, empezó a revisar cada pieza extraída de la caja fuerte. Con un aplomo que pertenecía a otro mundo, a otro momento, anunció:

–Esas medallitas están muy chiquitas, no te van a dar nada por ellas y son del bautizo de mis hijas. Regrésamelas.

–Amor, deja que los señores se lleven lo que quieran –dije, mirando con ojos suplicantes al rubio, como para justificar la impertinencia de mi mujer–. No le hagan caso –murmuré.

Siguió un silencio largo. Sentí cómo se me tensaba la mandíbula y mi respiración se agitaba. El rubio miraba a mi esposa muy serio, evaluándola. Ella le sostenía la mirada. Yo no quería ni tragar saliva, temeroso de que el sonido del líquido pasando por mi garganta perturbara el delicado equilibrio. No le quitaba la vista al rubio, escudriñándolo, tratando de anticiparme a su reacción.

–Señora, el botín es tan bueno que puede escoger tres cosas, las que usted quiera –dijo divertido, con un gesto casi dulzón que suavizó su rostro por un momento.

Cerré los ojos y respiré profundo mientras escuchaba esa voz clara que conocía tan bien.

–Regrésame las dos medallitas y mi anillo de compromiso, te puedes llevar todo lo demás –dijo mi esposa.

–Ese anillo de compromiso es grande, chamo –dijo el compinche dirigiéndose al rubio.

–Un trato es un trato. Pon todo en una bolsa y vámonos.

A pesar de las palabras del rubio, mi instinto protector no bajaba la guardia. Lo que dije después me sorprendió a mí mismo:

–Oye, ¿te gustan los lentes de sol? Tengo unos Armani que te van a quedar muy bien.

–Vengan pues, pero cuidadito pana, no quiero vainas raras.

–Están en ese cajón.

El rubio hizo una señal con la cabeza para que el compinche abriera el cajón superior del mueble.

–Qué molleja, sí que tienes buen gusto, gracias –dijo, mientras se los probaba frente al espejo. Y preguntó en seguida, al descubrir la cadena y la cruz en mi cuello–: ¿Ese crucifijo es de oro? ¿Me lo regalas?

–Me lo vas a tener que arrancar –contesté, sintiendo que necesitaba un estímulo violento para desahogar mi tensión.

Esbozó una sonrisa irónica y rodeó mi cuello con ambos brazos, como si me fuera a dar el beso de Judas. Con un movimiento delicado y experto, abrió el pequeño broche. La cadena resbaló por mi cuello sin hacerme daño.

–Gracias –dijo mientras yo apretaba los dientes–. Necesitamos que nos prestes tu carro. En dos horas, no más, no menos, lo vas a encontrar estacionado a dos cuadras al sur de la bomba de gasolina, las llaves en la guantera. Ni te apures en denunciarlo como robado.

En el momento en que se montaban en el ascensor sonaron las campanas de la parroquia llamando a misa de once. Habían transcurrido noventa minutos.

Qué bueno que eran profesionales, pensé.

En la comisaría por fin estuvo listo el retrato hablado de quien yo había descrito como el rubio. Una semana después me informaron que ya lo tenían identificado.

–Se llama Wilmer Hernández, alias "El Lucifer". Es un ex-policía maracucho. Tuvo suerte, ese carajo es violento, oyó.

Pasó poco más de un mes cuando me avisaron que la policía lo había matado durante una persecución. "El Lucifer" traía puestos unos lentes de sol Armani. De su cuello colgaba un crucifijo de oro.

EL PRÍNCIPE GUARANÍ

José Carrera

José Carrera

San Agustín, 1978
En Houston desde marzo de 2000

La primera vez que me metí corriendo al mar me sorprendí muchísimo de que el agua fuera tan salada. Me encanta el espíritu del "arriero porte" de mis paisanos paraguayos, ese cariño fraternal, de camaradería inmediata y de complicidad entre los conocidos y los arribeños. Ya entendí que "arreglar" para los millones de inmigrantes en EE.UU. es tan ansiado como la "salvación" para mis abuelos: puede ser que llegue pero a qué costo. Asumo que todo adiós es para siempre. Mi lenguaje se ha enriquecido con mole poblano, pupusas revueltas, bandeja paisa y micheladas. Con recorrer solo algunas cuadras de la calle Hillcroft en Houston ya veo la mitad del mundo. De niño me decían que si leía mucho terminaría en el manicomio. Soy una coma entre dos eternidades de la nada. Los abrazos de mis hijos me revitalizan las horas marchitadas, creo que cuando me muera sus abrazos me regresarán a la vida. Aravera-lighting-relámpago.

Para mi profesor de castellano Eustaquio Funes

El cura Cornelio lograba estar en ese pueblo solo una vez cada dos años. No le era posible visitar a su rebaño tan frecuentemente como quería porque tenía que realizar largas giras por las iglesias y las capillas esparcidas en un vasto territorio transitado solo a caballo. La rutina en su visita pastoral consistía en confesar a las señoras afligidas por sus pecados, ofrecer misas en memoria de los muertos y, al final, bautizar a los niños. Pero esta vez la lista de nombres de los muertos era larga e interminable la fila de madres con sus hijos en brazos que esperaban ansiosamente que se convirtieran en criaturas cristianas.

–¿Cómo es esto posible? –ponderó el cura al ver tantos niños, muchos de ellos parecidos.

Braulio llevaba viajando unas tres leguas en el lomo del tren cuando se dio cuenta de que no quería ir a la guerra. Le aterraba la idea de nunca más regresar a su pueblo, ni siquiera en un ataúd; de terminar sin cabeza y abandonado en los campos donde ya no se moría tanto de plomo sino a machetazos o, peor aún, por la peste del cólera. Es que todos los hombres adultos, luego los jóvenes como él que eran llevados a defender su patria ante la invasión de naciones de todos los vientos, no volvían.

Cuando el tren iba al pie del cerro, rompiendo el silencio de la noche con el traqueteo y el bufido de su locomotora de vapor, Braulio se fijó de un lado a otro y notó que todos dormían. Conocía bien el lugar y se tiró del tren; fue cayendo entre los árboles y los pastizales, hasta terminar cerca del arroyo cuyas aguas corrían sobre piedras.

En el pueblo se supo que el arribeño Braulio Ñakyra, apodado así por tener los ojos parecidos a los de la cigarra, también había sido llevado al conflicto cuando los convoyes pasaron por el pueblo. Al enterarse del destino de Braulio, algunas de las que le conocían se persignaron y otras, con las manos extendidas al cielo, expresaron resignación por su muerte segura.

Tras escaparse del tren, a Braulio no le costó mucho regresar a su casita. Con la noche iluminada por la luna llena allá en el horizonte, fue caminando por la vía del tren con su pequeña maleta de trapo en la espalda. Cuando llegó cerca de la madrugada, Rin no le reconoció. Bastó con un sordo ¡ah! para que el perro se diera cuenta de que era su dueño.

Braulio se acostó a dormir y despertó ya avanzada la mañana, cuando Rin le lamía la herida en la cara que se había hecho la noche anterior.

No tenía vecinos cercanos. Su casita de techo de paja y paredes de maderas rajadas estaba ubicada en medio del gran bosque. Llegó como arribeño a este pueblo cuyos habitantes seguían llamando Tarumá a pesar de que los misioneros quisieron ponerle nombre de un santo.

En su pueblo natal tuvo que decirle adiós a su madre, que al parecer se había quedado sin ganas de vivir desde que su esposo y sus hijos mayores también se fueron a la guerra. Por un tiempo la corta edad de Braulio fue su salvación. No entendía que el gran conflicto bélico iba dejando a su país en ruinas. Cuando le reclamaban por qué no se había ido junto a los otros hombrecitos a la guerra, él solo decía que ya estaba preparado para empuñar el fusil, uno de verdad, no el de madera que tenía siempre colgado en su hombro y con el que inclusive nadaba en el río. En el reflejo del agua quieta había notado que sus músculos estaban más marcados y fortalecidos desde que se volvió hachero. Todo cambió en él en su breve trayecto en tren.

Braulio pasó varios días encerrado en su casa. Al principio no quería que nadie se diera cuenta de que había desertado. Sabía que el castigo sería la muerte. O el desprecio del pueblo, que por cierto se iba quedando sin hombres. Eran solas ellas, muchas casadas, otras viudas aunque aún no lo sabían, algunas jovencitas. El encierro desesperó a Braulio. Su única distracción por unas semanas fue hacer figuras de soldados de madera que no tenían cabeza y que al terminarlas él tiraba en una esquina del cuarto, donde estaban encimadas y se iban tornando verdes al pasar los días.

Un día al caer la noche, Braulio se animó a ir a la casa de Inocencia, cuyo esposo también fue llevado y quien ahora vivía sola con su hija Everilda.

–Me fui. Me escapé. Ya no me voy a ir –dijo Braulio de forma cortante. Se quitó el sombrero y puso su puñal envainado en la mesa.

Por unas semanas estas dos mujeres fueron las únicas personas con las que Braulio compartía las tardecitas. Luego embarazó a Everilda tras un apasionado encuentro de unos pocos segundos, aprovechando que Inocencia había ido a traer mandioca y maíz choclo de la chacra.

A orillas del monte, Braulio instalaba jaulas trampas con las que atrapaba palomas y perdices. Así no tuvo necesidad de cultivar su chacra; si se hubiera atrevido, hubiese sido encontrado, atrapado y enviado a la guerra o directamente aniquilado. Cuando caía la noche iba a la casa de alguna, pero jamás amanecía ahí. Se despertaba con los cantos de los gallos y regresaba a su casita con comida para el día; a veces inclusive conseguía queso y miel para cuando le atacaba el hambre o se debilitaba más de la cuenta.

La valentía de Braulio muy pronto fue fortaleciéndose y empezó a visitar no solo a las que vivían solas sino también a las otras. No dormía dos veces en una misma cama. Le gustaba el ritual antes del sexo pero la culminación siempre era rápida.

Al pasar los meses surgieron muchas mujeres embarazadas. Algunas despistadas, aún no tocadas por el pájaro divino, ponderaban cómo era esto posible si en el pueblo no había hombres. Lo mismo que se preguntaba el cura Cornelio cuando estaba bautizando a los niños hacía poco.

Ni bajo el secreto de confesión pudo el cura resolver el misterio. Es más, muchas de las que querían liberarse de sus pecados estaban embarazadas. Partió de este pueblo con la gran incógnita. Cuando regresó se encontró con más niños todavía.

–Es Braulio. Es el Noé del pueblo –le dijo una anciana que tenía cubierta la cabeza con un tul negro.

–Braulio, ¿el que tiene los ojos de colores diferentes? –ponderó sorprendido el cura.

–Sí. El que tiene el ojo izquierdo de color verde limón, y el derecho de color pardo. El mismísimo Ñakyra.

El cura Cornelio conocía muy bien a Braulio, a quien bautizó a solo dos días de su nacimiento. Su madre no había querido esperar hasta la próxima visita pastoral. El cura siempre le recordaba por el llamativo y peculiar color de sus ojos; tras enterarse en qué andaba Braulio, prefirió callarse. Además, a quién reclamar en estas tierras de ruinas.

Al terminar la guerra grande, el único pueblo donde el aniquilamiento total no llegó fue Tarumá. Braulio finalmente salió a la luz y empezó a cultivar su tierra con sandías, melones, maíz y caña dulce, pero ya no visitaba a nadie. Lo que sí hacía en las siestas de verano era subirse a un árbol de la loma, desde donde miraba a los niños, muchos de ellos sus hijos. Nadaban en el río, se lanzaban de la barranca a la parte más profunda del agua, se zambullían una eternidad y salían tirando agua por la boca y gritando de alegría.

En una siesta calurosa de febrero, el cura Cornelio llegó a la casa de Braulio y sacó una carta de una bolsa negra de cuero maltratado por el tiempo. La misiva secreta había sido enviada por el Papa Pío IX. El cura la leyó entre susurros, porque Braulio no sabía leer, menos latín: "Braulio Cabañas, eres un apóstol pecador de Cristo, pero tú salvaste al pueblo de Dios en el corazón de América del Sur. Por esto te declaro Príncipe Guaraní. Ya no hay pecado en ti".

La misiva papal surgió como respuesta a un mensaje secreto que el padre Cornelio le había enviado al Pontífice a través del Obispo Palacios –poco antes de que este fuera fusilado por conspirar contra el mariscal–, para informarle de la hazaña de este cristiano en tierras olvidadas por el mismísimo Dios. Tras la lectura, y antes de que Braulio siquiera pudiera tocarla, el cura tiró la carta al fuego durmiente de la cocina.

Esa misma noche, tras prender en llamas su casa, Braulio abandonó Tarumá con su perro Rin. Murió solo en otro pueblito, sin descendientes. Nadie lleva su apellido y su sepultura no tiene nombre.

REFLEJOS

Nathalie Audibert

Nathalie Audibert

Ciudad de México, 1973
En Houston desde mayo de 1998

Prefiero los abrazos a las explicaciones y detesto cualquier evento por compromiso. Me encanta el sol, el gris del frío oscurece mi pelo y mi ánimo. El día empieza bien con una taza de café y termina mejor con una cena entre amigos. Mi mayor herencia ha sido el sentido del humor de mi padre, mi más grande dolor su ausencia. Soy de barullo y fiestas que disfruto con intervalos de largos silencios. Mi maestría y doctorado son mis hijos y mi peor enemigo soy yo misma. El mejor regalo que me han dado es mi hermana. Sin Lalo existiría solo a medias. Soy una copia física de mi madre, es raro tener una idea de cómo te verás a los 70 años. La vida me ha dejado varios hoyos que relleno con calcetines. Me pone de buenas escribir y de malas madrugar. Hoy tengo la certeza de ser todo esto, así como mañana seguro seré otra cosa.

Aurora quita el chal blanco que cubre el espejo antiguo con el mismo cuidado que tendría al destapar a un bebé durmiendo. Su psicóloga le ha dicho que tiene que enfrentarse a su fantasía de la presencia de Pablo en el espejo. Le ha dicho que después de haber perdido a una pareja tan dominante es normal que su mente haya creado esa idea para compensar el cambio tan abrupto que hubo en su vida.

Hace ya seis meses que Pablo murió y Aurora ha comenzado a reconocerse como era antes de casada. Todos los espejos le devuelven una mirada tranquila, un rostro sereno, todos menos ese, el de su cuarto: el antiguo espejo con repujado de plata y piedras semipreciosas incrustadas, regalo de bodas y herencia familiar. Ese objeto, testigo mudo de reproches y silencios, que en su superficie reflejó durante ocho años un matrimonio que empezó con ilusión y que se afianzó en el miedo.

La primera vez que lo vio después del entierro sintió su presencia como una brisa helada que le acarició la espalda. A partir de entonces, más de una vez ha escuchado el susurro que proviene de ese objeto en medio de la noche. Cada vez que el espejo le devuelve su imagen aparece por detrás la silueta masculina de anchos hombros que la envuelve por completo, robándole la paz. Ha pensado en romper el espejo, pero le da miedo lo que pueda pasar. Tampoco tiene el valor de regalarlo. Ha desarrollado una extraña dependencia. Es el remanente de años de amor sofocante y tormentoso.

Los nervios los tiene rotos. Cada mañana al despertar, la angustia le aprieta la garganta con dedos largos cuando encuentra el chal blanco en el piso. Vete Pablo, vete, ¿qué más quieres de mí?, le dice, aunque sabe la respuesta: Pablo siempre lo quiso todo. La fue deshojando como una flor. La alejó poco a poco de sus amigos y de su familia hasta convertirla en un cuerpo sin alma. Qué ironía, ahora es esa alma atormentada sin cuerpo la que quiere quitarle la vida.

Pero hoy ha tomado la decisión de deshacerse de él de una vez por todas. Con manos temblorosas descuelga el espejo, lo acomoda en la parte trasera de su coche y lo cubre con una cobija vieja después de mirarlo por última vez.

Al llegar a la mansión descuidada donde aún vive su suegra, se siente a punto de quebrarse. Con un hilo de voz avisa en la entrada que le ha traído algo que le pertenece y pide verla.

La visita es corta. La señora apenas la saluda, después sus ojos se vuelven de vidrio. Aurora nunca ha sido bien recibida ahí y eso no cambia ni con la muerte de Pablo. Cuando le traen el espejo a doña Irma, lo abraza con los ojos cerrados mientras le dice: Por fin regresas a casa.

Aurora sale sin despedirse de ese lugar al que nunca volverá. Siente la resolución y la tristeza del alcohólico que ha decidido dejar de beber. Llora sin parar, por primera vez en años llora ruidosamente hasta llegar a su departamento, donde la recibe el vacío.

Pasan varios meses en los que Aurora reacomoda su vida poco a poco. Ha dejado la ciudad y se ha mudado cerca del mar. Ha conseguido un trabajo y un par de amigas. Casi se ha convencido de lo que su psicóloga ha descrito como un episodio psicótico causado por el duelo.

Un día regresa a Guadalajara por cuestiones de trabajo. Recorre las calles de su colonia y entra a un café conocido.

Está distraída esperando que le sirvan cuando siente una mano en su hombro y una voz que reconoce al instante. Es Ana, la prima de Pablo.

–¿Aurora? Qué gusto encontrarte, hace tanto que no te veo, ¿cómo estás? Te ves linda –dice mientras la observa con detenimiento.

–Ana, qué sorpresa. ¿Cómo va todo?

–Oye, siento mucho lo de tu suegra... Pregunté por ti, pero me dijeron que te habías ido a vivir a otro lado.

–¿Qué le pasó?

–Cómo, ¿no te enteraste? La tía Irma se murió. Más bien... la mataron.

–¿Qué? No entiendo.

–Siéntate conmigo un segundo y te cuento.

Aurora recibe su café y se sienta frente a Ana en una mesita para dos.

–Dicen que la tía en los últimos meses perdió la cabeza por completo. ¿Te acuerdas de Margarita, la cocinera?

Aurora asiente sin saber de quién le habla.

–Fue ella la que me contó que la tía ya no salía de su cuarto... y que se la pasaba hablando con un espejo. Me dijo que incluso dormía con él a su lado. Cada vez que alguien se acercaba se ponía muy agresiva y empezaba a gritar. La oía discutir en las noches con alguien, pero nunca vio que nadie entrara a su cuarto... Hace como dos semanas a la pobre la encontró asfixiada, con marcas en el cuello. Algo horrible, no puedo creer que nadie te avisó.

–¿Se metieron a robar? –pregunta Aurora, todavía asimilando la noticia.

–No, no se llevaron nada. Es súper extraño, ¿quién querría matar a una viejita en su cama solo porque sí? La policía sigue investigando.

Aurora siente que el cuerpo se le convierte en agua y en su mente aparece la cara de Pablo cuando perdía el control y la amenazaba con ahorcarla para nunca más tener que lidiar con ella. Es incapaz de articular una sola palabra.

–Aurora, ¿estás bien? Te voy a pedir agua –le dice Ana.

–No, estoy bien, gracias. Déjalo, en serio. Es que tengo una cita y ya voy tarde.

Se despide con un beso rápido y sale a la calle con su café intacto en la mano. Respira profundo y lo tira en un basurero sabiendo que no puede tragar nada. Camina sin rumbo. Sus manos acarician su cuello mientras trata de calmarse. Pasa al lado de un escaparate y se detiene a observar su reflejo. Por un momento cree percibir una sombra.

EL LAZO AZUL

Grace P. Bedoya

Grace P. Bedoya

Barinas, 1967
En Houston desde octubre de 2010

Mis orígenes se sitúan en los linderos de García Márquez y Gallegos, de Escobar y Chávez. Elegí a Houston. Me declaro una paradoja ambulante. La cocina y la escritura me salvan de la ingeniero que soy. Sobreanalizo. A menudo las emociones me toman, irremediablemente. Creo en las musas, el ángel y el duende. La física cuántica se parece a la religión que profeso. Me desnudo. Varias mascotas irrepetibles me adoptaron como su madre. Sigo en terapia. Lo que más me gusta de los lunes son los martes. Aprenderé a callar. Andaría descalza siempre si no fuera adicta a los zapatos. Prefiero vivir sabroso que largo. Leo en papel. Lo que más temo del día del fin del mundo es que no haya alguien dispuesto a atravesar el caos solo por abrazarme. Sé que lo importante, al final, son los encuentros.

El hombre no dejaba de mirar sus zapatos, ajeno por completo a la escena de la que debía formar parte, interesado tan solo en los dibujos que formaba la tierra arcillosa y seca sobre ellos. Su hija menor, que en ese momento se encontraba a su derecha, de pie al igual que los demás asistentes, le había comprado los zapatos esa misma mañana. La otra hija, a su izquierda, completaba su escolta. Gotas de sudor chorreaban por las mejillas regordetas del anciano, como si fueran las lágrimas que no salían de sus ojos áridos y enrojecidos. El cuello de la camisa, apretado contra su pescuezo por el nudo de la corbata negra, nueva también, parecía encogerse un poco con cada minuto que pasaba. Aunque era apenas 20 de enero, la temperatura de esa tarde ya había alcanzado los 84°F.

"Los inviernos de Houston. Si muriera en este instante me podrían lanzar a la fosa con ella, dos por uno", pensó Humberto y estuvo a punto de sonreír. "Que termine ya esto, por Dios, que deje de hablar de una vez".

En ese instante, como si fuera parte de un guion ensayado, el cuarentón plantado a unos pasos de ellos, vestido de traje negro, cerró su discurso:

–...mujer intachable, madre amorosa, abuela siempre dispuesta, esposa de mi padre durante casi medio siglo. Hoy te decimos adiós, pero tu ejemplo y los valores familiares que nos inculcaste nos guiarán por siempre –concluyó con un ligero quiebre de su voz.

A la mañana siguiente, Ana, la hija menor y la única que se había quedado a pasar la noche con él, terminaba de preparar el desayuno cuando Humberto entró en la cocina recién bañado y vestido. Con una sola mirada escrutadora ella desaprobó en silencio su atuendo: camisa polo de rayas horizontales, metida por dentro de los pantalones cortos caqui, y un cinturón negro que con osadía partía en dos la barriga del padre. Sus piernas varicosas lucían apretadas también por un par de calcetines negros que resaltaban contra los zapatos deportivos blancos. Ella suspiró entonces, rendida por la ternura.

–Siéntate papi. Ya las arepas están casi listas. Te hice huevitos también, aunque las yemas se me pasaron un poco. Nunca me quedan como a mami..., bueno, como le quedaban.

Un ligero temblor en su espalda la delató, y Humberto se acercó a ella y la abrazó con cierta torpeza. Se separó un paso y le secó las lágrimas.

–Deja que te lleve al aeropuerto, Annie.

–¿No vas a desayunar?

–No tengo hambre ahorita, mija, tal vez más tarde. Vamos, que te va a dejar el avión.

–Ya pedí un taxi, pa, debe estar por llegar. ¿Estás seguro de que no quieres venir a pasar unos días con nosotros? Los paseos por el riverwalk siempre te han animado. Además, ¿qué vas a hacer aquí solo? Los niños quieren verte...

–Ahorita no, tal vez más adelante. Tengo cosas que resolver aquí.

–Prométeme que al menos vendrás para el Mardi Gras.

En ese momento, una imagen fugaz golpeó con fuerza el pecho del anciano: un Fat Tuesday en Bourbon Street de madrugada; un él, 20 años atrás, diluyéndose en una multitud ebria. Música, risas, mujeres mostrando las tetas, y un cuerpo sudoroso apretándose a sus nalgas, mientras una mano anónima le agarraba sin piedad la verga tiesa por encima del pantalón. A unos pasos de ellos, una chica de unos veintipocos años vomitaba el hígado sobre el pavimento.

–Ya veremos..., aún falta más de un mes –sentenció el padre, volviendo al presente.

Minutos después, Humberto cerró la puerta de la casa luego de despedir a su hija, y pasó de manera automática los dos seguros. Caminó unos pasos hacia el salón y se detuvo. "Ya no más, Filomena, ya no más... El encierro se fue a la tumba contigo". Volvió a la puerta y quitó uno de los seguros. Caminó con una ligereza que llevaba años sin sentir. Fue descorriendo cortinas y abriendo ventanas, y el aire y la luz empezaron a alivianar la pesada atmósfera de la casa. De camino a su estudio inclusive dio unos pasos de baile oxidados mientras tarareaba una canción de Sinatra, "Fly me to the moon and let me sing among the stars..."

Ya en el estudio fue directo a la biblioteca y tomó una edición de *Other Voices, Other Rooms* que lucía una cubierta desgastada. La abrió y tomó una pequeña llave que se encontraba pegada a la contraportada con cinta adhesiva. Introdujo la llave en la cerradura de un compartimiento de su escritorio y sacó una caja. Nunca la había abierto a la luz del día. Agarró el paquete de 21 cartas anudadas por una cinta de raso azul y tomó con manos heladas la última que había recibido, hacía casi 27 años.

Acarició el sobre amarillento y leyó una vez más el nombre del remitente y su última dirección en Aruba. Aunque el autor de las cartas era siempre el mismo, la dirección había variado a lo largo de los años: Australia, Canadá, Kuwait. Había inclusive un par de cartas con dirección de Corpus Christi, a tan solo un par de cientos de millas de la casa de Humberto; ni aun así él había respondido. Luego leyó su propio nombre en el espacio del destinatario, y la dirección de la casa materna en Florida. Su madre, ¿lo habría intuido?

La primera carta se la entregó ella poco más de un año después de que él hubiese regresado de su asignación de trabajo en Venezuela. Estaba a punto de cumplir su primer año de casado con Filomena, y esta ya había dejado clara su posición ante la suegra.

–Filomena, quiero ir a Florida a visitar a mamá por el Día de la Madre. Es su primer año sin papá, y no quiero que esté sola.

–Bueno, pues ve, y así yo aprovecho y me voy a visitar a la mía.

Fue solo, y pasaron la tarde de su llegada sentados en el sofocante salón viendo fotos familiares. Al terminar de hojear el álbum número cuatro, su madre le ofreció café y él contestó que mejor un té helado. Mientras ella arrastraba el peso de la viudez hasta la cocina, Humberto se levantó a revisar el termostato. Marcaba 88 °F.

–Ma, ¿no tienes calor? ¿Bajo un poco la temperatura?

–Bájala si quieres, para mí está bien. Total, yo tengo frío siempre –contestó la madre mientras regresaba a la sala portando una bandeja con el té helado y un platito con un pedazo de quesillo.

–Te lo hice esta mañana...

Posó con suavidad la bandeja de plata sobre la mesa de centro cuando Humberto reparó en el sobre colocado allí también.

–¿Y esto?

–Te llegó hace varias semanas –contestó mirándolo de reojo, al tiempo que empezaba a caminar de vuelta a la cocina–. Ya vengo, me acabo de acordar que no he regado mis bromelias.

Con esa sencillez quedó patentada la complicidad entre ambos: ella recibía las cartas y se las guardaba hasta que él iba a visitarla.

Una carta cada marzo.

El quinto año él estuvo a punto de preguntarle si sabía de quién eran, o lo que decían. Esa vez ella le entregó el sobre en las manos, obviando el formalismo de la bandeja, y él aprovechó la cercanía para soltarle un:

–Madre...

Ella le acarició la mejilla con ternura, desvió la mirada hacia el reloj de pared, y le dijo:

–No he revisado el buzón, ya vengo.

Su madre, cuánta falta le hacía, pensó, aunque evitó analizar si la extrañaba más a ella o las cartas que dejó de recibir tras su muerte. Había muerto a los 72 años, la misma edad que cumpliría él en marzo.

Volvió a acariciar el sobre, y suspiró al darse cuenta de que ya no necesitaría leer sus cartas a oscuras. Tampoco tendría que esperar a que su esposa saliera para poner alguna de las películas porno que guardaba en el mismo compartimiento del escritorio. Le gustaba masturbarse alternando la mirada entre las imágenes de la pantalla y su pene erecto, y se venía rapidito y sabroso. Con su mujer, sin embargo, las erecciones eran parciales y le costaba un inmenso esfuerzo de concentración terminar. Menos mal que a ella con el tiempo se le fueron las ganas también, y cada uno se acuarteló en su respectivo lado de la cama.

Sacudió de su cabeza la imagen desagradable del sexo con la difunta, y empezó a quitarse la ropa, dejándola regada en el piso. Puso una película, apretó el botón de pausa, y se fue al pequeño bar que tenía en una esquina del salón. Aunque eran recién las once de la mañana, se sirvió un scotch doble y caminó apurado de vuelta al estudio, mientras sentía cómo su pene se ponía duro. La barriga le bamboleaba de arriba a abajo, y él se sentía lo más feliz que podía recordar.

Humberto terminó con afán mucho antes que la película, y se quedó un rato sentado hasta que su respiración recobró un ritmo normal. Releyó entonces la última carta con una emoción distinta, escuchando la voz clara de Armand; esa voz que no había dejado de hablarle en todos esos años:

> ...y así ha transcurrido este año, Beto, entre la construcción más desastrosa que te puedas imaginar (si estuvieras aquí juro que se te habría reventado el páncreas), y unas de las playas más hermosas que he visto. Cuando por fin tengo un fin de semana libre, me voy a la playa, me tumbo en la arena blanca sin pensar en nada y dejo que el sol me entibie el alma. El agua es transparente y turquesa, y al sumergirme en ella no puedo evitar pensar en el fin de semana aquel que pasamos en Los Roques, ¿recuerdas?

Tomó un sorbo del whisky y saltó unas cuantas líneas:

> ...y entonces me dijo: has vivido en una docena de sitios en estas dos décadas, ¿qué es lo que buscas? ¿Lo sabes? Y yo cambié el tema, porque la respuesta a esa pregunta te concierne solo a ti. A nosotros, Beto. Porque lo que buscaba lo encontré hace más de 20 años, de manera inesperada. Así que ahora no busco nada. Ahora solo huyo de la imagen de mí sin ti...

A continuación Armand le contaba acerca de sus intentos de establecer otras relaciones y sus fracasos recurrentes, porque siempre comparaba todo con él, con ellos. Luego venían las rupturas que lo llevaban a caer cada vez más profundo en el hoyo de la depresión. Más adelante mencionaba, sin muchos detalles, que hasta había intentado "huir de este mundo" en un par de ocasiones. Y finalizaba: "yo sé que algo va a pasar Beto, algo finalmente te traerá hasta mí. Por eso sigo respirando, sigo viviendo, sigo soñando, porque sé que tarde o temprano tocarás a mi puerta. Por eso voy dejando un rastro claro detrás de mí, para que ese día puedas encontrarme".

Al día siguiente, Humberto escribió en un papel el nombre y la última dirección del remitente de las cartas, y se fue a la oficina de un detective privado que había encontrado en el internet. "Nuestros servicios se extienden a cualquier rincón del mundo. Garantizado", decía el anuncio. Ese era con exactitud el tipo de servicio que Humberto necesitaba.

Dos meses después Humberto entró a un restaurant cerca de su casa, al que acudía con frecuencia. Lo acompañaban sus tres hijos. Se suponía que iban a celebrar su cumpleaños número 72, pero él había decidido contarles que se largaba; se iría la próxima semana a Europa. El boleto lo había comprado el día anterior, luego de que el detective Montero lo llamara para decirle que su contacto en Francia había dado con la dirección actual del remitente.

–Vive en las afueras de Aviñón –le dijo.

Humberto sintió en sus tripas la certeza de que ahora sí habían dado en el clavo. Mantuvo la calma cuando preguntó con voz firme si estaban seguros de que era la dirección actual; ya había gastado mucho dinero mientras su gente en Europa perseguía pistas desfasadas. Positivo, había respondido Montero al tiempo que le decía cuál era el saldo adeudado.

—Papi —le dijo Ana trayéndolo de vuelta al presente; ya se encontraban todos sentados a la mesa—, te veo más flaco. ¿Te sientes bien?

Sus dos hermanos también comentaron que sí, que se veía más delgado.

—Me siento estupendamente —respondió Humberto—. Empecé a caminar en las mañanas y estoy comiendo más sano.

La conversación se interrumpió cuando un mesonero se acercó a tomarles la orden. Mientras este se alejaba, Ernesto lo miró con cariño.

—Guau, padre, te felicito. Me alegra de verdad que hayas dado ese giro. Mis hermanas y yo estábamos preocupados por la manera como reaccionarías a la muerte de mamá.

—Por cierto, muchachos, les quería contar... —En ese momento el celular que tenía en el bolsillo de su chaqueta empezó a repicar con los acordes de La Marsellesa—. Discúlpenme un momento, tengo que contestar.

Humberto se levantó y salió a una pequeña terraza que daba a la calle.

—¿Había alguien en la casa, Montero?

—Tengo noticias, patrón.

—¿Había alguien, sí o no?

—Cuando llegó mi contacto a la casa justo estaban la policía y los paramédicos, y sacaban un cuerpo. Era el cuerpo de él, patrón, Armand Decroix. Se..., bueno, lamento informar que el señor murió anoche. Se... tomó su vida, se ahorcó... Había en el suelo una caja con 24 cartas anudadas, según el reporte, con una cinta de raso azul... Esto le va a sonar extraño... ¿Sigue allí? Pues el difunto, Armand, tenía allí esas cartas, y... el nombre del destinatario, no sé cómo decir esto... el destinatario era usted, don Humberto, aunque la dirección era en la Florida. Las cartas estaban todas devueltas por "Dirección Equivocada". La última estaba fechada hace apenas un año. Pero… hay algo más, había también…, patrón, ¿sigue allí? Tal vez sería mejor que viniera a mi oficina, y le dijera esto en persona. Y, perdone usted, ¿ya hizo la transferencia? Porque independientemente de…, bueno, ya sabe, los servicios fueron prestados e igual hay que pagarlos, si me disculpa la franqueza. Patrón…, había también una nota, me la acaban de enviar por fax. ¿Se la leo? La nota… póstuma, bueno, en realidad, la nota sui…, la nota, pues, decía, se la leo textualmente.

Y el detective leyó la nota.

–¿Sigue allí?

Humberto ya había soltado el celular y se había derrumbado en un banco de piedra que había en la terraza desierta. Lloraba con la cabeza enterrada en las manos cuando salió Ana.

–Papi, ¿qué pasó? ¿Quién era?

A falta de respuesta, mientras los sollozos iban *in crescendo*, su hija lo tomó del brazo y se lo llevó casi a rastras de vuelta a la mesa. Humberto, sin embargo, ya no estaba allí. Como si se encontrara en pleno tránsito hacia el otro lado, percibía su vida toda pasando con rapidez ante ese cuerpo que caminaba en cámara lenta en ese restaurant lleno de gente.

Imágenes de él 47 años atrás, en el tráiler que le habían asignado como vivienda mientras construían el Complejo Petroquímico El Tablazo. El día en que llegó Armand, quien sería su roommate. Los meses siguientes en los que se fue afianzando la amistad entre ellos. La noche mágica en la que, de vuelta en su tráiler luego de una parrillada en casa del gerente del proyecto, ambos se encontraban sentados en el estrecho sofá con las rodillas rozándose apenas por la falta de espacio, tomando scotch del mismo vaso. Armand mirándolo de frente y lanzando la pregunta inquisidora:

—A ver, ¿y por qué te casas con Filomena, si dices que no estás enamorado?

Y el él de entonces encogiéndose de hombros.

—Somos novios desde la universidad, y ya es tiempo. Además, no creo en el amor. ¿Qué hay de ti? ¿No te espera alguna franchuta allá?

Y Armand que giró para situarse frente a él, muy cerca, por la estrechez del sofá, y lo miró y se rió con su risa descarada.

—¿Tú me estás hablando en serio? Por Dios Humberto, que ya tendrías que saber que a mí me gustan los chicos —dijo, al tiempo que bajaba su mirada hacia el bulto que crecía bajo el pantalón de Humberto. Este sintió su miembro erecto y solo alcanzó a pensar: así que era esto, antes de que se le nublara la mente mientras Armand le bajaba con destreza el cierre del pantalón. La voz de Sinatra al fondo se fundió en el vapor rojizo que los envolvía.

En el restaurant, Ernesto trataba de levantar a su padre de la silla a la que se encontraba clavado con las piernas separadas, la camisa casi por fuera y los sollozos cada vez más fuertes que incomodaban a todos en el lugar. Los mesoneros pasaban a su lado llevando bandejas, intentando hacer caso omiso del anciano que lloraba sin vergüenza, mientras Rose le decía a Ana: te lo dije, no era normal que él no hubiera llorado la muerte de mami.

Pero Humberto seguía lejos de todo, mientras continuaban pasando imágenes por su cabeza, desconectadas de su voluntad. Los nueve meses que vivieron eso que Armand llamaba romance y Humberto amistad. Los dos acostados desnudos sobre el piso de linóleo del tráiler, Humberto con la cabeza sobre el pecho de un Armand que le leía a Capote. La vez en la que él llamó a Filomena para decirle que no podía tomarse los 15 días que le tocaban de vacaciones cada tres meses, porque había surgido una emergencia en la planta. Y Filomena que le dijo categórica: pues voy yo. Y él que le dijo: deja ver cómo lo resuelvo, y se fue a los pocos días, derrotado, ante la mirada dolida de Armand. Y aquel día de marzo de la despedida definitiva, en el que Armand lloró y lloró y lloró sin consuelo en el aeropuerto. Y sus revolcones con otros hombres durante sus asignaciones de trabajo fuera de la ciudad, mientras les decía a ellos, los otros sin rostro: yo no soy marica, solo me gusta el sexo duro. Y sus largas duchas con agua hirviendo con las que, de vuelta en la habitación de hotel, intentaba quitarse los restos de la infidelidad mientras lloraba. La infidelidad hacia Armand.

–Papi, por favor, vamos a la casa –le susurró Ana al oído, mientras Ernesto intentaba pagarle la cuenta al gerente con discreción.

–Déjelo así, corre por nuestra cuenta. ¿Está bien su padre?

–Sí, es por mi madre, aún está muy reciente.

Pero Humberto seguía sentado en su silla. Su mente, ya sin imágenes, solo repetía el eco de las últimas palabras de Armand en la voz de Montero: "Nunca me respondiste, cabrón de mierda, así que va por ti, Beto, amor de mi vida…"

El antiguo sonido del polen

David Dorantes

David Dorantes

Guadalajara, 1962
En Houston desde agosto de 2002

Cae sobre mis hombros la condena de escribir un autorretrato. No lo haré. Hablaré de mi ciudad: pantano sin afectos, páramo impío, desierto de incomprensión, naufragios y bondades. No me voy solo porque aún espero el roce de algo, de alguien. Atisbos sí hay, aunque la mayoría ya se desvanecieron como el humo ocre que cubre con su manto la urbe. Esta es la décima ciudad en la que he vivido a vueltas y revueltas. En Houstotitlán solo escucho el ruido sordo e incesante de ditirambos, farfullos y paliques de aquellos que quieren contarnos mucho de sí mismos, como si los *selfies* hubieran impuesto la dictadura de su altivez, como si fueran los patriarcas, *los Generalísimos* de todas las ideas. A esos les huyo como a la peste. Siempre quise tener de mascota un rinoceronte para enseñarle a embestir a las visitas.

¿Quiere saber cómo empezó el relajito? Va, se lo cuento, préndale a su grabadora.

El Egipcio volvió a ser feliz cuando lo conocí. Bueno, en realidad fueron los discos los que lo hicieron feliz. Algo así al menos es lo que creo. ¿Se lo cuento? Yo creo que la música jubilosa le puso ritmo a su tristeza, y yo ni cuenta me di. Aunque es cierto que a veces atisbaba en sus ojos una sombra oscura en su modo de otear por la ventana, mientras las melodías tropicales surgían guapachosas y seductoras de las bocinas. Pero eso fue mucho después, cuando ya éramos amigos.

Bueno, en realidad el Egipcio no era egipcio. Era argelino. Pero desde el principio yo le decía el Egipcio, porque cuando lo vi parado afuera de nuestro edificio por primera vez, me recordó a un actor egipcio que salía en una película francesa muy famosa, que vi en un cine de Frontera, mi pueblo, y que no me acuerdo cómo se llamaba.

Durante cuatro años sin falta me encontré a las seis de la mañana con el Egipcio justo en el mismo lugar en el que lo que vi la primera vez. Cuando yo me iba temprano al trabajo en mi bicicleta, él volvía de quién sabe dónde. Después me lo contó, pero eso no se lo puedo contar. Ondas de él.

Buenos días, le decía.

Buenos días, me decía.

Siempre en inglés.

Mira nada más, mil cuatrocientos sesenta buenos días multiplicados por dos. ¡Nada más! ¿Que no es cierto? ¿Que exagero? La neta no. Trabajé todos esos días porque cuando uno es indocumentado tabasqueño en Nueva York jódase usted jalando como mesero, dijey Calypso, repartidor de pizzas y mariachi en los pasillos del metro. Haga usted la suma. Faltaba más, no dude de mí o de plano no le cuento nada. ¿En qué iba?

¡Ah, sí! El edificio en el que vivía es un cuchitril de cien años en Sunset Park, un barrio de Brooklyn. Pero por ahí no hay ni *Sunsets* ni *Parks* de tarjeta postal para turistas. Pinche barrio gris de edificios tan altos que ni al mediodía entra el sol. El nuestro era una fábrica de cerillos y un vivales lo compró sabrá el diablo cuándo y dividió cada uno de los diez pisos en decenas de departamentos minúsculos. Técnicamente es ahora una fábrica de cortinas. Pero eso es solo en el primer piso, donde trabajan unas costureras chinas. Yo me las apañaba porque vivía solo. Fregados los nigerianos del tercer piso que eran como ocho en cada departamento. Amolados los mexicanos del séptimo piso que hasta gallinas metían para engordarlas y revenderlas en las taquerías.

Yo vivía en el décimo piso en donde el revoltijo de culturas me arrimó con los croatas, somalíes, brasileños, chinos y otro puñado que nadie sabe de dónde son porque no hablan ni inglés ni lengua conocida.

¿Le dije que era dijey? Pues eso, fue la música lo que hizo que el Egipcio me hablara más allá del buenos días. Yo compraba discos de vinil para animar fiestas de otros latinoamericanos que andamos por acá. La paga no era mucha, la verdad, porque casi siempre hacía descuento. Pero compensaba porque se bebía roncito y tequilita de a gratis, y a veces dormía calientito con cincuentonas nostálgicas... y borrachas.

Para armarme de material me iba a pulguear por Queens, Manhattan, Staten Island. Al Bronx ya casi no iba porque los jodidos puertorriqueños y dominicanos daban muy caros los discos de salsa y bachata. Lo mejor son los garachazos de viejitos. Se agarran buenas joyas de boogaloo, boleros mexicanos, cumbia colombiana y latin-jazz. ¿Cómo? ¿Que la música ya es digital? ¡No mame, ya sé!¡Pero la calidad del vinilo no se compara! ¡Y ya no me esté interrumpiendo o no le cuento!

Pues una vez volvía yo con una pila de disquitos, como cuarenta, que compré en Trenton, a donde todavía ahora no van muchos dijeys. El viejito haitiano que los vendía me pidió veinte verdes por toda la pila. Le eché un ojo y vi que había unos de Tito Puente, La Lupe, Los Po Boy Citos, La Sonora Matancera. También había unos en francés y pues como estaban en el montón me los traje.

Justo cuando llegué casi anocheciendo al cuchitril de Sunset Park, un sábado plomizo de agosto, me encontré al Egipcio. Después de cuatro años de buenos días era la primera vez que nos íbamos a decir buenas tardes o buenas noches. Pero no me dijo eso. Se me quedó viendo muy serio y, el muy taimado, me habló en perfecto acento español como el de los españoles y en perfecto acento francés como el de los franceses.

¡Vaya joven! ¿Conoce usted a Le Grand Orchestre National De Barbes?, me dijo tomándome del brazo con suavidad.

Hasta entonces no me había dado cuenta realmente de que era un hombre viejo, correoso como reata, con una nariz larga escuálida como rabo de lagartija que le caía hasta reposar sobre unos bigotes poblados y canosos. Me miraba sonriendo y supe por los dientes que fumaba mucho. Pero había algo en su postura que al mismo tiempo era muy juvenil.

¿La qué?, dije yo con cara de menso.

¡Le Grand Orchestre National De Barbes!, exclamó jubiloso señalando la portada del primer disco de vinilo que traía bajo el brazo, en la cual aparecía en blanco y negro una runfla de músicos con turbante, sonriendo y viendo a la cámara con sus instrumentos en mano en plena calle.

Sí, cómo no, me gustan mucho, hasta les vi en concierto una vez, dije yo haciéndome el melómano sangrón porque a mí, en música, ningún viejito egipcio me iba a impresionar.

El Egipcio se me quedó viendo muy serio. Abrió los ojos de modo desmesurado. Sonrío y luego, simplemente, soltó una estruendosa carcajada que me sonó a burla. Me quedé zurumbático viendo cómo el viejo flaco de dientes amarillos tirando a verdes no paraba de carcajearse sin soltarme del brazo. Las chinas que salían de la fábrica se entremezclaban con las chinas que entraban a la fábrica y todas se nos quedaban viendo azoradas y murmuraban entre ellas.

Cuando el Egipcio paró de carcajearse hasta casi quedarse sin aliento me soltó del brazo, se rebuscó en la parte trasera de su pantalón de mezclilla y sacó una cajetilla de Gitanes y unos cerillos de madera. Volvió a sonreír. Puso uno de sus tabacos sin filtro en la comisura de los labios antes de hablar.

¿El joven ha descubierto la fuente de la eterna juventud?, me preguntó muy serio sin dejar de verme desde la profundidad de sus ojos negros.

Estaba bien que fuera viejito, vale, la carcajada se la perdoné. Pero la chanza ya estaba pasando de cruda a madura.

No le entiendo, ¿de qué me habla?, dije poniendo la mayor seriedad que pude en mi voz con un tono de solo por sus canas no le rompo la cara, dándomelas de muy macho abusador de viejitos.

¿Tiene tiempo el joven para un té de jazmín, pan de trigo y algo de couscous?, me preguntó presentándose como Khaled Bourkaib.

Acepté curioso subir a su casa.

Resultó que el Egipcio también vivía en las naciones unidas del décimo piso pero del lado norte del edificio, en donde los brasileños y los croatas habían hecho cuartel. Yo vivía en el lado sur, junto a los somalíes y los chinos. Su departamento era como el mío: un cuarto en donde apenas cabía una cama, una cocina en la que no entraban dos personas al mismo tiempo, un baño en donde la ingeniería había logrado que te pudieras lavar las manos en el lavabo al mismo tiempo que estabas sentado en la taza defecando. A un costado, quién sabe cómo, la regadera.

Me quedé perplejo nada más al cruzar el umbral. La estrechez del cuarto era lo de menos, yo la padecía igual. En la pared, justo encima de un aparato de música y cientos de discos compactos que parecían ser el único lujo del lugar, había un cartel enorme enmarcado y era idéntico al de la portada del disco que yo llevaba bajo el brazo. Las letras incluso estaban en la misma tipografía: Le Grand Orchestre National De Barbes. La misma foto con los mismos músicos en la misma calle.

Le presento a mis hermanos, los únicos e inimitables maestros de Le Grand Orchestre National De Barbes, dijo el Egipcio haciendo una afectada reverencia de maestro de ceremonias en circo de pueblo mientras extendía su brazo con la mano bien abierta señalando el cartel enmarcado.

"Trágame tierra" era una expresión muy socorrida por mi abuela Aurorita allá en Villahermosa y que no entendí cabalmente hasta ese día.

¿No me reconoce?, dijo el Egipcio, que debía ser magazo porque ya me extendía un plato con pan embarrado de algo que no me di cuenta de dónde sacó.

Pues no, Don Khaled, no sé por qué tendría que reconocerlo, reviré saliendo al paso con la primera tontería que me vino a la mente.

El Egipcio se arrimó al cartel por el lado izquierdo, simuló tomar una guitarra entre sus manos, cruzó una pierna sobre la otra e hizo la pantomima de acomodarse la lira entre el estómago y las piernas. Justo con la misma pose del chamaquito que a un costado del grupo sostenía una guitarra Gibson Les Paul. La sonrisa era la misma, eso sí no había cambiado nada.

¿Sabe usted, joven, cómo se llama la primera canción del disco que lleva bajo el brazo? "Poulina", la compuse en 1967. Poulina es polen en árabe, dijo el Egipcio con palabras atropelladas, como un niño que cuenta una travesura. ¡Condenado egipcio taimado que me daba los buenos días!

Desde entonces dijey Calypso ya no actúa solo. Somos un dueto: Calypso y el Egipcio, dijeys de música alternativa tropical. Nos hemos puesto de moda en las galerías del Soho y los festivales de world-music en Central Park. Ya ve, ahora hasta vamos a actuar en nuestra primera girita por Boston, Filadelfia y Washington. Con la paga nos va mejor. Ayuda que Khaled no sea indocumentado. Lo único que me molesta, sinceramente se lo digo, es que ahora casi todas las cincuentonas se las queda él. El año que viene sacaremos nuestro primer disco con la compañía de Peter Gabriel, ya hasta tenemos título: *El antiguo sonido del polen*. Tenemos un remix de "Poulina" que suena mucho en las discotecas gay. ¿Nunca la ha oído?

DEL OTRO LADO

Norelis Luengo

Norelis Luengo

Maracaibo, 1962
En Houston desde febrero de 2003

Un buen café, un libro o una clase de zumba pueden arreglarme el día más malo. Me enojo con facilidad pero lo olvido pronto. Aprecio la simetría y el orden de las cosas. Cada vez que escudriño el pasado de mi familia encuentro algo que es relevante en mi vida ahora. Hablaba con mi hermana solo de vez en cuando pero desde que falleció la recuerdo todos los días. Cuando empiezo algo debo terminarlo. Me entristece que no pertenezco al país donde vivo y tampoco al que dejé. Siempre he estado rodeada de más libros de los que puedo leer. Cada vez que miro atrás hacia cualquier etapa de mi vida concluyo que fui muy feliz, pero nunca lo percibí así en el momento. Me emociono cuando aprendo algo nuevo. Con el tiempo me he vuelto más intolerante a la ingratitud y la descortesía.

A sus veinticuatro años, al menos por detrás, Gerimar conservaba la figura propia de una joven con buen cuerpo: cintura pequeña, nalgas firmes y redondas y unas esculpidas piernas que ahora separaba un poco hacia los lados para poder compensar el peso extra que le imponía la barriga.

En la arepera donde trabajaba habían despedido a muchos de los empleados, pero ella seguía ahí por el cariño que le tenía la esposa del dueño.

–Sé que necesitas el trabajo, mija. Además al menos aquí tienes tu comidita del día –le había dicho la señora Rosario.

Regresó a la casa al final de la jornada y le faltó la respiración mientras subía la calle. Entró y se dejó caer en la modesta silla de ratán. La vivienda de "interés social" donde vivía había sido construida por el gobierno de turno hacía más de tres décadas. El sueldo apenas le alcanzaba para cubrir los gastos de comida y transporte, así que la ilusión de renovar la casa se le había desvanecido desde hacía mucho tiempo.

Su mamá entró en la minúscula sala y la vio sentada con las piernas explayadas y los ojos cerrados.

–Mija, es que tenemos que decirle a ese sinvergüenza que dé la cara. Mira nomás cómo terminas cada día –le dijo.

–Si asoma la cara por aquí, ¡lo mando al carajo! –respondió ella sobándose la barriga–. Estoy sola en esto, mamá.

–Bueno, sola como que sola no, hija. Yo estoy aquí contigo, ¿o es que eso no vale nada? Solo que creo que ese desgraciado te debería ayudar. ¿O fue por obra y gracia del

Espíritu Santo que quedaste preñada? Si me dieras permiso, fuera y se las cantara completicas ahorita mismo.

–¡Que no, vieja! ¡No quiero que esa basura sepa más nada de mí o de mi hijo en su perra vida!

Bastante se lo habían advertido las personas que conocían al hombre que la preñó. Gerimar intentó encontrar una posición más cómoda.

–Ya cerré ese capítulo, mamá. Ciérralo tú también. Estaremos bien a pesar de todo.

Trataba de convencerse a sí misma.

–Mija, pero si ese es el asunto. Yo no te veo bien –dijo la mamá–. Trabajas mucho. Y no has ido más a ver al doctor para que te chequee.

Miró a su hija de arriba abajo, sus cachetes y orejas de un rojo subido, su abdomen que parecía a punto de explotar, sus pies hinchados. Era duro verla así, cuando siempre se la había imaginado caminando en el escenario de la universidad recibiendo un título. Pero el país no estaba para eso.

–Tengo miedo que se me muera mi muchachito, vieja.

–Cállate, muchacha. ¡No digas eso ni jugando! –contestó la vieja agarrándose el crucifijo del rosario que le colgaba del cuello–. Mejor hablamos de cosas buenas, ¿sí? ¿Ya pensaste en un nombre si es hembrita? Por favor que no sea Gerimar, porque tu papi sí que metió la pata con esa.

Gerimar lanzó una carcajada, como lo esperaba su madre. Era un chiste viejo entre ellas, desde que era apenas una niña y su papá aún estaba vivo. Lo hacían enojar echándole la culpa de ese nombre tan extraño que había escogido.

–Ya te dije, vieja, es un varón, puedo sentirlo. Además la señora Rosario dice que la forma de mi barriga es de varón.

–¡Ah, pues! ¿Y ahora la señora Rosario es doctora o qué? Creí que solo sabía de arepas.

–Ay mamá, deja, te pones insoportable –dijo Gerimar con una media sonrisa–. ¿Me acompañas cuando vaya a parir? No quiero estar sola.

El tono de la voz de Gerimar y la postura de sus hombros le recordó a la vieja cuando Gerimar era niña y venía a refugiarse en su falda cada vez que estaba en aprietos.

–Hija, ¿pero qué pregunta es esa? ¡Sabes que voy contigo hasta el fin del mundo! Lástima que no encontré nada en el abasto para hacerte una sopa de pollo. Ese es el mejor remedio para todo. Déjame y te preparo más bien una agüita de toronjil –dijo caminando hacia la cocina.

Gerimar acercó la mesita con tope de vidrio. Apoyó ambas piernas en ella y se llevó las manos al cuello, masajeándolo mientras esperaba el té.

Su vida había cambiado más de lo que esperaba. Hubiera querido estudiar en la universidad, conocer gente fuera del barrio, tener algo de dinero y vestirse con esas cosas bonitas como hacían otras chicas. Su papá le había inculcado desde pequeña que la solución a una mejor vida eran los estudios, pero qué va, a duras penas terminó el bachillerato. Desde entonces tuvo que trabajar en lo que sea para ayudar a su madre. Y después esto. Su embarazo. Le importaba dos lochas si no podía comer las tres comidas del día, ya se había acostumbrado a que le faltara alguna. Pero su bebé era otra cosa. Lo sentía moverse y crecer, y aunque esto la alentaba a seguir cada día, cuando trataba de imaginarse una vida bonita con él, la razón le negaba esa alegría.

Escuchó a su madre quejarse desde la cocina del poco gas que llegaba.

–Deja así el toronjil, mamá –le dijo–. Ya qué importa.

La madre replicó algo, pero Gerimar no supo qué.

Le martillaba la cabeza no haberse podido hacer el tratamiento que sugirió el médico cuatro meses atrás. Había estado en el hospital Ponte de Cabudare desde las cinco de la madrugada hasta bien entrada la tarde, sentándose apenas a ratos, compartiendo la silla con su madre. Se había sentido culpable de haberla arrastrado con ella. Después de todo ya no estaba para esos trotes, y el problema era suyo.

Se había imaginado a un cubano de mal aspecto, de esos que el gobierno decía que eran médicos y ahora abundaban, viéndole la entrepierna. Sin embargo, el doctor que la había atendido era un venezolano de mediana edad, con cabello bien cortado y bata limpia. No iba en nada con el estado abandonado del hospital. La había examinado con mucho cuidado y eso la hizo sentir más en confianza.

–¿Por qué ha esperado tanto para ver un médico? –preguntó él–. El bebé está bien por ahora, pero usted tiene un problema de presión arterial.

El estómago de Gerimar dio varios saltos, aunque ella ya había dejado atrás los meses de náusea.

–¿Es grave?

–Pues más adelante podría serlo. Se le puede presentar un caso de preeclampsia.

–¿Pre qué?

–Preeclampsia. Esperemos que no llegue a eso, claro, para que no esté en riesgo la vida suya o la de su bebé. Acá no tenemos los medicamentos, pero si los consigue siga este tratamiento durante dos semanas. Venga a verme cuando lo termine.

–Los medicamentos están muy difíciles de conseguir, doctor. Imagínese que hace meses no encontramos ni aspirinas para mi madre.

–Bueno, regrese en dos semanas a ver si ya los medicamentos han llegado aquí y podemos ayudarla con eso.

El médico metió la mano en uno de los bolsillos de la bata y sacó un pedazo de papel que le pasó con disimulo junto a la nota de la farmacia.

–Procure parir en otro hospital, aquí se están muriendo los recién nacidos –le dijo en una voz tan baja que ella apenas le escuchó.

Esas palabras le habían helado hasta la sangre, a pesar de que el aire acondicionado de la oficina no estaba funcionando y la única brisa que llegaba era la de un ventilador destartalado. Miró con disimulo a un soldado flacuchento y bajito que se paseaba con un fusil por el pasillo frente a las oficinas. No parecía haberse dado cuenta de nada.

En el autobús de regreso a casa, Gerimar abrió la nota y leyó en ella "Hospital Erasmo Meoz. Cúcuta, Colombia". En los días que siguieron, fue a un sinnúmero de farmacias y habló con conocidos a ver si conseguía las medicinas, pero no pudo hacerse el tratamiento y decidió que no tenía caso regresar al inmundo hospital.

La llegada de su madre con el té de toronjil en las manos la sobresaltó. Se lo tomó todo, sintiéndose más tranquila al tener a su madre al lado. Con lentitud se levantó de la silla y subió las escaleras hasta el segundo piso de la casa. Era un ático de unos seis metros cuadrados que acomodaban una cama pequeña, un gavetero roído y un perchero improvisado.

Abrió una de las gavetas donde guardaba una vieja lata de galletas importadas. Se la había regalado un antiguo novio una navidad. Sacó la lata, la abrió y volvió a contar el dinero que había estado reuniendo desde esa vez que habló con el doctor. Le parecía que cuanto más guardaba, más le hacía falta. Cada vez que preguntaba por el precio de los pasajes en autobús a Cúcuta estaban más caros. También la comida, y ahora el sueldo le rendía menos.

No sé si me va a alcanzar para nada esta plata, pero como sea me voy, pensaba Gerimar. El bebé se movió. Había leído en alguna parte que las paraditas dentro del vientre se sentían como alitas de mariposa, pero ella las sentía como martillazos. Sus rodillas cedieron al imaginar por un instante todas las cosas que podrían salir mal en el viaje o, peor aún, durante el parto.

Tragó varias veces para aguantarse el llanto. Hizo respiraciones profundas como lo habían sugerido en un programa sobre la maternidad que había visto alguna vez, y se sintió mejor. Se recostó y apoyó las piernas contra la pared. Poco después el cansancio la venció.

En la mañana la despertó la alarma, y aunque tenía menos ánimo que otros días, se levantó, bajó al primer piso y carreteó agua en un balde hasta el cuartito que fungía de baño. Desde que el agua dejó de llegar al barrio había desarrollado una especie de secuencia para que le rindiera al máximo. Con la mitad de un balde se bañó completa, barriga y todo. Se vistió, se despidió de su madre y caminó despacio calle abajo hacia la parada.

La jornada estuvo dura ese día: atendieron varias decenas de comensales hambrientos cuya única comida en el día quizás sería esa. La señora Rosario se quejaba de que era cada vez más difícil encontrar los ingredientes que necesitaban, pero allí seguían arreglándoselas. Apenas cerraron, Gerimar tomó los dos autobuses de regreso al barrio.

En la calle que subía hacia la casa, un pinchazo en el vientre le sacó el aire y la dejó inmóvil. Se detuvo un momento para recuperarse. Respirar profundo, eso es lo que tenía que hacer. Siempre le funcionaba. Más tarde, ya sentada en su cama, sintió otro pinchazo, y uno más. Se le aguaron los ojos pero no lloró. Si sucumbía al llanto no tendría el valor que necesitaría de ahora en adelante. También se aguantó el peso que sentía en el pecho, y cantó una canción de cuna mientras sobaba su abdomen. Sonrió imaginándose cómo sería la carita de su bebé.

–Vieja, mañana nos vamos a Cúcuta como sea –le gritó a su madre.

–¡Ay, hija, ¿pero cómo, así no más? –replicó la vieja desde abajo.

–Yo creo que el muchachito quiere nacer pronto.

–Ay, señor, ¡que Dios nos agarre confesadas!

–Amén. Y que podamos salir mañana.

Al día siguiente Gerimar regresó antes del mediodía con un dinero que le prestó la señora Rosario. Sería suficiente para llegar, cubrir algunos gastos y regresar. Tomó la ropita de bebé de segunda o tercera mano que ella le había regalado y la puso en un bolso. También guardó los pasaportes y dos bolsas pequeñas con conservitas de coco, catalinas y platanitos que había comprado hacía unos días previendo el viaje.

Parada en el umbral de la puerta con su madre, Gerimar se estremeció, aunque podía sentir sobre sus hombros el sol picante de la tarde. Intentó mover las piernas pero se le quedaron pegadas al piso.

–¿Qué te pasa, mija? ¿Te duele algo? ¿Tienes una contracción? Estás blanca como un papel –le dijo su madre.

–No es nada, vieja –respondió ella restándole importancia al asunto.

Durante las siete horas que duró el trayecto hasta la zona fronteriza en San Antonio del Táchira, Gerimar no descansó. Los calambres en la parte posterior de la cadera iban y venían en unos espasmos que aunque distanciados, la dejaban temblando. Entre un calambre y otro llegó a pensar que estaba cometiendo un error al dejar Venezuela sin saber qué la esperaba del otro lado.

Ciertamente podría haberse vuelto loca. En ningún lado se está uno mejor que en su país. Eso lo sabe todo el mundo. ¡Pero si ella ni siquiera había salido nunca de Cabudare! Además, si algo le pasaba, no sabía qué haría su pobre vieja con el muchachito allá lejos. Estas ideas se le mezclaban a Gerimar con el dolor, con el olor a rancio del autobús, con el hambre.

Llegaron a la frontera avanzada la noche y se dirigieron al puesto de inmigración. Gerimar caminaba doblada hacia delante, agarrándose el vientre con ambas manos. Disimular su estado sería una faena casi imposible.

Se detuvieron frente al oficial, un hombre moreno de cara sudorosa. Gerimar registraba desesperada el bolso buscando los pasaportes sin poderlos encontrar. La madre, que ahora sostenía casi todo el peso de la hija, metió la mano, sacó los documentos y se los entregó al hombre.

–¿Motivo de la visita? –preguntó mirándolas de arriba a abajo.

Gerimar iba a contestarle pero sintió una nueva contracción que la obligó a agacharse. Se asombró de verse los pies tan enormes. Quizá le estaba dando esa cosa que le dijo el doctor.

–Tengo una hermana que se enfermó y venimos a visitarla –se apresuró a decir su madre.

Gerimar tenía unas ganas infinitas de pujar, y a la vez de

cerrar los ojos y abandonarse, que pasara lo que tuviera que pasar. Apretó la mano de su mamá con una fuerza que la vieja desconocía y luego se la soltó sin más ni más. La vieja buscó una pared donde apoyar a su hija. Gerimar escuchaba las voces a lo lejos. Habían llegado a Colombia, ¿no? ¿O estarían en otro lugar? Su mamá gritaba algo, sí, porque la boca la tenía abierta, pero no lograba escuchar lo que decía. Vio desaparecer su cara en un círculo cada vez más pequeño.

El oficial salió del kiosco. Miraba confundido hacia las dos mujeres, sin saber qué debía hacer. Dejar el puesto podría costarle su trabajo.

–¡Busque una ambulancia, rápido! ¡Antes que se mueran mi muchachita y la criatura! ¡Haga algo, no me la deje morir! –gritaba la madre.

El hombre corrió hasta la oficina del supervisor. Ambos regresaron en instantes y encontraron a Gerimar en el piso, sin reaccionar. Varias personas trataban de ayudarla. Su mamá estaba echada a su lado, dándole a oler algo de un frasco. Viendo la palidez de su rostro y su embarazo avanzado, el supervisor dio media vuelta y corrió a su oficina para llamar una ambulancia, llegado el caso no quería ser responsable de la muerte de esta joven. Mientras tanto el oficial estampó en ambos pasaportes el permiso de entrada y se los devolvió a la madre, que en ese momento le daba palmaditas en las manos a su hija.

Gerimar despertó al escuchar el llanto de una criatura. El corazón se le apretujó al pensar que podría no ser el de su bebé.

–¿Cómo se siente, Gerimar? –le preguntó el doctor, parado a un lado de la camilla–. Le confieso que nos pegó un susto.

Gerimar quiso responderle pero se le enredó la lengua.

–Logramos controlarle la presión, usted se portó muy valiente. La felicito, su niña está en excelente estado de salud. Ya se la traen.

No atinó a decir palabra. Sentía explotar las sienes. Miró a su alrededor. Sentada en una silla en la esquina de la sala estaba su mamá, ojerosa y despeinada, pero sonriéndole. Una enfermera limpiaba y alistaba a la niña, otra se acercó y la ayudó a ponerse más cómoda en la camilla.

Acomodaron a la niña en sus brazos. Mientras detallaba la carita de la criatura, pensó que se parecía mucho a su abuela y poco al desgraciado de su padre. Hasta ese momento desconocía que se podía llorar de alegría, y se dio cuenta de que la niña ya le había robado toda su voluntad. Daría la vida por ella si fuera necesario.

El doctor volvió a hablarle.

–Le daremos unos medicamentos para que siga un tratamiento –dijo–. ¿Tiene familiares acá en Cúcuta o cerca? Me gustaría verla en una semana.

–No tenemos a nadie, doctor –dijo ella.

La madre se acercó a Gerimar y le besó la frente.

–Quisiera poderla tener acá hasta que se recupere totalmente, pero ya pasado mañana debo darle de alta porque necesitamos la cama para otras parturientas. Muchas de ellas son compatriotas suyas. Espero que entienda.

Gerimar no dijo nada, la cabeza le seguía dando vueltas. No era justo que todos los pensamientos acerca de su nueva realidad se le aglomeraran allí, en ese instante, cuando lo único que quería era contemplar a su hija.

La enfermera tomó a la bebé de sus brazos.

–La llevaré a la guardería y se la traeremos cuando le toque alimentarla, ahora debe descansar –le dijo.

En ese momento una empleada del hospital entró a dejarle una bandeja de comida sobre la mesita. Gerimar no recordaba cuándo había sido la última vez que su madre y ella habían comido un plato bien servido de comida, aunque este tuvieran que compartirlo.

–Ay hija, lástima que pasado mañana nos tengamos que regresar –dijo su madre–. Pero tampoco es bueno dejar la casa sola por mucho tiempo.

Gerimar no le contestó. En su mente solo podía ver el rostro de su hija. Ya estaban del otro lado y regresar sería tentar a la suerte. Además, ¿no era su hija ciudadana colombiana?

Elisa

Pepa P. Castán

Pepa P. Castán

Barbastro, 1970
En Houston desde agosto de 2009

Comparezco ante ti, lector, sin aspavientos. De mirada indulgente en ojos circunspectos. Apátrida de estado, errante sin bitácora de vida. Indiferente a las banderas que encorsetan el alma y la conciencia. Amalgama de encuentros: íberos, romanos, mozárabes y celtas. Me declaro, en esencia, mediterránea de sentir y de tierra. Amante de las noches estrelladas y los montes de sendas sinuosas. Existo cual minúscula puntada de un tapiz milenario que se agrieta y se quiebra. Me muestro sin reserva. Escéptica ante el progreso que tolera la desolación íntegra del planeta. Recelosa del hombre y su decencia. Honesta con los míos y los tuyos. Me confieso creyente en el poder del arte. Persisto. Renuncio. Persevero. Soy una diestra forzada, una zurda tullida. Construyo, con palabras, impresiones en pliegues de papel.

Me asfixio. Llevo horas metido en este cuchitril en el que apenas circula el aire. La cabeza me da vueltas y no logro dormirme, a pesar de que ya debe de ser tarde. Adivino las doce o quizá la una de la madrugada. No puedo saberlo: el reloj de pulsera y el teléfono móvil no los tengo conmigo. No dejo de sudar, aunque solo llevo una camiseta blanca.

No sé qué pasó por mi mente, qué me impulsó. Tampoco sé si me arrepiento. Hubiera preferido no tener que hacerlo pero no me dejaron otra alternativa. Tantos meses esperando, como quien espera la lluvia que no llega. Me digo a mí mismo que debía haber continuado con las sesiones de psicoterapia como me recomendaron, pero no me convenzo. Todos los matasanos son iguales, se creen que pueden interpretar nuestros actos con sus teorías y nos atiborran de drogas para dejar de sentir y acallar la mente. ¡Maldita sea! Me hierve la sangre. Respiro con fuerza; el escaso aire del cuarto embriaga mis sentidos, y mi razonamiento original se reafirma: sí tuve que hacerlo, no me quedó otro remedio. Pensarlo me tranquiliza un poco.

La noche avanza. Acabo por ceder al cansancio que aflora por fin. Mañana será otro día con otras horas, pero los mismos recuerdos.

Un altavoz chirriante me despierta; el aroma a achicoria pestilente y mustio se cuela en la celda. Me incorporo y avanzo siguiendo la línea que nos escolta al refectorio. En la bandeja, dos pedazos resecos de pan, untados con una capa amarilla grasienta, revestida de una mermelada sucedánea, rosa ajada, y una taza de café. Todo aquí se vuelve sucedáneo, hasta la vida misma. Al menos el café está caliente; su aroma me transporta de nuevo a ese día que llamaron a la puerta. El sonido del timbre se confundió con el silbido agudo que emitía la cafetera y no lo escuché. Insistieron, y cuando finalmente abrí, la presencia de dos policías me sorprendió.

–¿Es este el domicilio de Elisa Battiato? –preguntó el más joven.

–Si, aquí es. Elisa es mi esposa. Ahora no está. ¿Hay algún problema? ¿Ha ocurrido algo?

–Lo siento –me interrumpió el más viejo, con tono amable pero firme–. Siento comunicarle que... encontramos a su esposa muerta.

–¿Elisa? ¿Muerta? –dije sin escuchar más. Las dos palabras arrojadas como un proyectil letal resonaron con fuerza, perforando el silencio del rellano. Me quedé traspuesto por unos segundos.

Elisa ayudaba en el negocio de su padre y había ido a la panadería como todas las tardes.

–Te acerco si quieres –le había dicho–, me pilla de camino. Ya sabes que no me toma nada, Elisa...

–Gracias, cielo, pero creo que iré en moto. Hace un día espléndido y me apetece que me dé el aire.

Me incorporo en el asiento, movido por el intenso olor a café que ahora impregna el espacio, y los recuerdos resurgen en mi mente. Las imágenes de los policías se perciben nítidas. Se habrían equivocado de puerta, de piso, quizá de barrio, o incluso de Elisa, pensé por un instante aquella fatal mañana. Pero no, no se movieron; seguían allí frente a mí. El policía más viejo, un hombre enjuto, continuó su relato:

–Encontraron su cuerpo a unos metros de su moto.

No podía dar crédito a sus palabras. Elisa conducía la moto como si fuera su propia piel.

–Parece que no fue culpa suya –dijo el otro policía–. El coche que la arrolló se había saltado un semáforo, según nos dijo un testigo... y el joven presentaba signos de embriaguez.

La rabia me nubló los sentidos.

–Maldito cabrón, hijo de puta, ¡hijo de puta! –grité y golpeé con rabia la puerta.

Un sudor frío me recorrió la nuca, igual que el que siento ahora. Observo la mermelada derramarse en el plato del desayuno, mientras sorbo el café caliente. Su color negruzco me transporta: su oscuridad inmensa magnifica los recuerdos.

Me volví medio loco. Tuvieron que avisar al servicio de urgencias para darme unos sedantes. Luego la memoria se empaña. Cuando desperté, a la mañana siguiente, estaba inmóvil en la cama, en la misma posición en la que me acosté. Me sentía confuso, abrumado y con una sensación de vacío pesada como una losa, insoportable.

El hermano de Elisa me llamó –no sé cómo tuvo ánimos–, con cada palabra se notaba que hacía un ultra esfuerzo para que no se quebrara su voz. Me contó que su madre estaba destrozada y amortiguaba el dolor a base de calmantes. Su padre estaba igual pero trataba de no mostrarlo.

Al cabo de unos días la policía se puso en contacto de nuevo con nosotros. Necesitaban más información y algunos documentos. Acudimos a la comisaría para hacer declaraciones, un puro trámite que me devolvió a la realidad que yo insistía en rehuir: Elisa no estaba ni nunca más estaría, su ausencia era la única certeza en ese momento.

Los días que siguieron se sintieron postizos. Estaba desorientado, rabioso con el mundo, impotente. Me mudé a la casa de mi madre durante unas semanas; la que era nuestra se me venía encima con solo pisar el umbral de la entrada. Todo hacía eco de su ausencia. Elisa saltando de alegría, en la foto de la cocina, el día que le regalé la moto nueva en nuestro primer aniversario. Elisa con su traje de baño...

No quería ni podía hablar, se me hacía un nudo en la garganta; cada palabra guardaba un secreto lazo con ella. Asimilar su muerte era proclamar la mía.

Tras el entierro, la vida volvió a su cauce para el resto del mundo salvo para mí. Siguieron otros trámites y visitas reiteradas al abogado. Ese ir y venir ocupó los minutos del día y muchas de las noches, hasta que me tomaba los sedantes y me quedaba dormido.

Varias veces acudimos a los juzgados para prestar declaración. Ahora, me dijeron, todo estaba en manos de la ley. Llevaría su tiempo, ya sabemos cómo son estos procesos, pero se haría justicia.

Las próximas semanas fueron un suplicio. Apenas comía y sobrevivía a base de cafés, que alargaban las horas que pasaba imaginando cómo sería el proceso; el ansia me carcomía. Apenas llegaban noticias. Mi abogado me llamó en varias ocasiones, pero sin novedades importantes.

La muerte de mi mujer causó una gran conmoción en nuestro barrio; su familia es conocida: la panadería de su padre, donde ella trabajaba, es muy popular. Así que algunos allegados y miembros de la familia de ella comenzaron una serie de movilizaciones a las que al final nos sumamos. Exigíamos justicia. Pegamos carteles por la ciudad y salimos a la calle varios días. Los vecinos y amigos nos apoyaron, unos en persona y otros a través de las redes sociales, donde publicaron mensajes solidarios. Para colmo, yo sentía la rabia de que el tipo aquel siguiera como si nada, completamente libre, y me parecía que tenía una actitud insolente al ni siquiera dar la cara o disculparse por lo que hizo. Su familia tampoco se había dignado a hacerlo.

La sirena que anuncia la hora del almuerzo me devuelve a la realidad: debo acudir de nuevo al comedor. Me he quedado dormido un buen rato; esta es una hora extraña, obligado a compartir mesa con criminales, todos ellos hombres de pasados execrables. Trato de no permanecer mucho tiempo en la mesa. No tengo nada que compartir con ellos, o casi nada: solo el espacio y el tiempo. Luego regreso a mi celda. Todavía me queda un cigarrillo y este es el momento de encenderlo: el vigilante se ha quedado dormido en la hora de la siesta.

La primera calada me devuelve a ese día en que nos llamaron a juicio. Hacía meses que no fumaba, hasta ese día en que no pude resistirme. Había llegado el momento en que el culpable pagaría por su crimen. El inculpado iba acompañado de su abogado defensor. Cuando le vi entrar me dio un retortijón en el estómago. Le reconocí de inmediato; le había visto muchas veces conducir por el barrio, con una actitud de matón que yo no aguantaba. Claro que en aquel entonces me traía sin cuidado. Era otro de esos jóvenes rufianes que se creen alguien en el momento en que se suben a un coche, aunque sea una birria, con tal de que el estruendo atronador del motor que anuncia su llegada no les haga pasar desapercibidos. Se creen los amos del mundo.

El sabor de la nicotina se apodera de mí y me sumerge de nuevo en esa memoria amarga. Estuvimos varias horas sentados en la palestra y se encerraron a deliberar. Finalmente decidieron aplazar el caso por carecer de pruebas concluyentes. ¿Concluyentes? Estallé con un grito de impotencia ante un juez que asumiendo su ecuanimidad lo atajó con un golpe seco de martillo.

¡Elisa estaba muerta! ¡Qué más prueba necesitaban!

Me sorprendí a mí mismo deseando la muerte del sujeto, y por unos instantes se gestó en mi mente lo que creí sería una venganza propia de una de las tantas novelas que había devorado en mi juventud. Las semanas que pasaron después del juicio fueron extrañas, pero poco a poco la presencia de esos pensamientos disminuyó. Todavía tenía la esperanza de que un nuevo juicio resolvería el caso y se haría justicia.

Unos días más tarde, mientras conducía hacia mi trabajo, vi la silueta del homicida en el paso de peatones, justo cuando restaban unos segundos para que el semáforo cambiara de luz. El homicida se apresuró para cruzar a tiempo. Fue como un flash: un instinto incontrolable me impulsó a acelerar.

Signos

H. M. Chejab

H. M. Chejab

Bogotá, 1971
En Houston desde abril de 2002

Tuve en mis años de infancia una calle y una escuela. Conocí los ríos antes que el mar. Por un corto tiempo fui pescador. Lo que aprendí de niño se lo debo a las plazas y las calles. La escuela fue culpabilidad y penitencia. Acepto que soy mediocre. Mi adolescencia fue un camino de manos en bolsillos y cabeza ladeada. Cultivo una exuberante facultad para el desorden. Tengo la convalecencia del tiempo perdido y el ingenio lastimado. Sufro de soledad. Compenso mis frustraciones con un profundo optimismo. He cometido crímenes de honestidad. He utilizado el antifaz del mentiroso y del impostor. Creo haber encontrado la perfecta forma de decir adiós. La literatura es el único dogma que abrazo con honestidad. Aún creo ser parte de un algo.

Se habla que la detonación dejó un cráter de cuatro metros de profundidad y trece de largo, que la descarga se extendió por los barrios aledaños y se escuchó en medio Bogotá, que exceptuando una, todas las bodegas sobre la calle 27, al frente del Departamento Administrativo de Seguridad, colapsaron segundos después de la explosión. Se habla que la única bodega que quedó en pie servía de granero y que un cargamento de arroz ayudó a la onda a retroceder con más fuerza, devastando las estructuras a su alrededor. Se habla de mí, Sebastián Espejo, oriundo de Bogotá, comerciante y propietario del local de música *La fuerza del sonido*. Se habla de la foto: yo abrazado de un poste, cubierto por la tierra de los escombros. Se habla que se necesitaron varios hombres para separarme después de la explosión, porque estaba atenazado con fuerza a ese poste. Nunca olvidaré cuando el aire se convirtió de repente en una marea; los vidrios estallaban, las rejas metálicas de los almacenes se desprendían como las hojas de un viejo libro a merced de una ventisca, hombres y mujeres eran golpeados por todo tipo de objetos: desde botellas y herramientas, hasta automóviles que volaban disparados contra ellos por la fuerza demoledora de la onda, aplastándolos, mutilando sus cuerpos.

Fue una bomba contundente, estruendosa, efectiva, compuesta por quinientos kilogramos de dinamita gelatinosa. Se habla de la hora: 7:33 de la mañana, cuando las calles son tomadas por grupos de comerciantes que levantan las rejas de sus locales y comienzan el día con resignación, por oficinistas que trabajan en bancos o entidades del gobierno, por ejecutivos de traje y portafolio y desprevenidos transeúntes citados para diligencias de oficio, por los mendigos que han dormido sobre las veredas.

Si expandimos un tanto nuestro lente, vemos los juzgados de la ciudad y la gran plaza de mercado de Paloquemao, con sus tejas de hojalata, abierta desde las cuatro de la mañana. También se puede apreciar el Centro Internacional, la arena de la plaza de toros La Santa María, la plaza de Bolívar rodeada por los edificios del congreso, el nuevo Palacio de Justicia junto al Palacio Liévano, las tradicionales casas coloniales y republicanas del barrio de La Candelaria que lograron quedar en pie después de la nefasta noche del 9 de abril de 1948. Desde entonces la ciudad no se estremecía con tanta fuerza.

Por estas calles, casas, plazas y barrios pasó la onda devastadora. En algunos lugares fue solo el estruendo, en otros los vidrios rotos, en otros las grietas en el concreto, los muros que temblaron o se desplomaron. Todo dependió de qué tan cerca se encontraban esa mañana de diciembre de 1989.

Se habla de tantas cosas. Como el teléfono en la habitación que supuestamente repicaba sin parar porque, según me escribía Clarisa, querían entrevistarme. "Los espejos de la violencia", así ha titulado un diario su extra con mi fotografía y apellido. Clarisa me mostró la publicación y sonrió molesta. Hablan de mí como un milagro porque me encontraba pasando justo al frente de la bodega que hacía de granero.

Es una tragedia todo lo que está pasando –escribió en el cuaderno y yo quise decir algo o que ella lo dijera, que habláramos, pero Clarisa me pidió con una señal de manos que nos mantuviéramos en silencio–, tu caso es en verdad único. Los periodistas te quieren entrevistar, pero no te preocupes, mientras esté yo aquí no lo permitiré.

Por eso se negó a contestar, incluso a los corresponsales internacionales. Algunos han venido a conocer mi historia.

Todo esto lo escribió Clarisa con paciencia. Tiene bella letra y sus manos..., nunca me había fijado en sus manos. Las envolví con las mías sintiendo la seda de su piel. Un suave perfume, humedecido por nuestro contacto, se elevó dejando una estela en medio de los dos.

–¿Como me encontraste, Clarisa?

Soltó mis manos dejando una caricia leve. Me miró con atención, inclinó hacia el costado derecho su cabeza y escribió:

> Iba a mi trabajo cuando se sintió la descarga. El taxista prendió la radio, todo transcurría con normalidad, por un instante nos lamentamos al pensar que podría ser una bomba. Aun así, continuamos la ruta. La radio mantenía la programación del día. Entramos a la autopista en medio del tráfico, olvidando la explosión y pensando en los afanes del día. Una voz salió, minutos después, fría, desde el auricular en el radio teléfono del taxi: *bomba en el edificio del DAS, compañeros.*

Clarisa soltó el lápiz, me miró mientras sacudía su mano para aliviarla, la pasó despacio sobre mi frente y continuó: "Le pedí al taxista que me llevara. Tomamos la dirección al centro. La radio anunció la hora: ocho de la mañana."

Tomé su mano, le dije que era suficiente, necesitaba descansar. Se inclinó hacia mí para que pudiera leer en sus labios con claridad: estás vivo. Posó sus manos, sobre mis ojos esta vez, y dormí.

De todas las adversidades o desgracias que nos puede deparar la vida, sobraría decir que esta ha sido para mí la más dolorosa, extenuante y duradera. No solamente por el golpe del azar que me llevó a estar en el lugar y tiempo precisos, ni por la fortuna de estar protegido por un granero, ni por arrojarme hacia un poste. También es el golpe del amor. El que se desvanece frente a nosotros de forma temeraria, con su risita siniestra, confirmando de nuevo ese secreto universal: el de no poder con la carga del compromiso, el de la pérdida de la libertad y la belleza. Porque todo lo que compromete cohíbe y ciega.

Estaba débil, con el corazón destrozado. Era un hombre vulnerable, desesperado, cargado por el trueno de la violencia, queriendo ahora, después de mi desgracia, ser feliz con Clarisa, abdicando todo por ella. ¡Cómo no pude amarla!

Cuando unos meses antes le conté sobre mis planes de viajar a la Argentina para la *Gira Languis*, Clarisa se entusiasmó creyendo que iríamos juntos. Traté de salir de la inmensa confusión para restituir nuestro equilibrio sin tocar fibras sensibles, fáciles de herir. Argentina era un aplazamiento, el signo de mi tiempo que representaba estar vivo. Tan importante solo para mí, para nadie más. Con su mirada me dio a entender que comprendía y se alegraba, aunque no pudo disimular el dolor que le causé. Elegí la música por encima de nuestro amor, acepté que una máscara más se desvanecía mostrando un nuevo yo, mi nueva piel. Esa tarde hubo un largo e incómodo silencio, como si ese lapso de tiempo sordo, sin espacio para una palabra, un gesto o una caricia, se necesitara para continuar con nuestra nueva manera de vernos.

Algunas mujeres saben cómo cobrar ese tipo de desplantes. Sin pedírselo, arregló por su cuenta mi itinerario, solicitó toda la información necesaria para mi viaje, programó la cita para sacar mi pasaporte y el pasado judicial. Una tarde se apareció en mi tienda con la carpeta organizada.

–Aquí tienes todos los itinerarios, hoteles, algunos contactos que te pueden interesar y las citas. La primera, para obtener tu pasado judicial en el edificio del DAS, es el 6 de diciembre a las 7:30 de la mañana.

La invité a cenar. Me sentía fatal y más de una vez pensé en decirle: *ven conmigo,* pero no, sabíamos que nuestra historia estaba saldada. Me dolía lo que Clarisa era capaz de hacer por mí, más buena no pudo ser. Fue doloroso verla así, más que las esquirlas cuando se incrustaron en todo mi cuerpo, más que el constante zumbido del que no he podido librarme.

Cuando desperté estaba oscureciendo. Habían pasado varias horas, me acordaba de fragmentos de un sueño espléndido. Estaba en las arenas de un estadio atiborrado de fanáticos que sostenían el estandarte del rock en español, marca indeleble de nuestra generación; manifestábamos una vez más que la música es más fuerte que la violencia; sentíamos cómo el rock, por fin, era una identidad.

Clarisa hablaba con uno de los médicos. Sostenía una especie de cartilla con diferentes figuras de manos que se contornean en formas especiales. Era difícil leer en la oscuridad, tan solo pude ver una palabra: Signos.

Embriagado aún por la euforia de mi sueño, dibujé en mi mente, fascinado, la carátula de Soda, su tercer y para mí mejor trabajo: *Signos*. Todo en mí estaba con Soda: Soda Signos, Soda Stereo, Soda Persiana Americana, Soda Gira Languis, Soda en Vivo. Creo que esa última parte la dije en voz alta. Clarisa se volteó: lloraba. Es natural que las mujeres lloren con tanto terror, pero su llanto no era del terror de esa mañana, era algo más, y yo no sabía qué. Clavé mis ojos en los de ella para encontrar respuestas; después, un instinto espeluznante me llevó a sus labios, esos labios que me hablaban en silencio.

El doctor se acercó a una distancia prudente, como todos los doctores. Firmó unos papeles que dejó en el broche al lado de la cama y me miró. Levantó su pulgar como quien indica que todo está bien, y de inmediato entendí que nada estaba bien. Clarisa se secó sus lágrimas, se sentó al lado de mi cama, colgó la cartilla en el broche y apoyó el cuaderno en mi vientre. Escribió: "vas a mejorar, en un par de días regresas a casa. Tengo que irme, descansa. He escrito algo mientras dormías, te dejo este cuaderno al lado del broche donde está tu historia clínica."

Acarició mi rostro, me dio un beso en la mejilla y se fue.

Tomé el cuaderno y me puse a leer lo que había escrito Clarisa:

El ruido incesante de la sirena cruzó las calles maltrechas de Bogotá, pasó con lentitud por los surcos de escombros y cadáveres, buscaba atajos y salidas, aprovechaba por donde pudiera meterse y avanzar. Otras sirenas pasaban por nuestro lado, yo estaba contigo, en la ambulancia. Todo alrededor era un tumulto, cientos de personas intentando pasar los cordones de seguridad, gritos, llantos, sonidos que nunca olvidaré. Tú estabas sedado para aliviar el dolor por los cortes de las esquirlas, yo te miraba y me acordé de aquella noche que salimos a caminar después de nuestro primer café, me hablaste de los sonidos aleatorios de la música. Me decías que hay que prestar atención a todo lo que escuchamos, ¿te acuerdas? Pasamos por un viejo parque donde unos niños jugaban, nos quedamos allí oyendo el chillido de los hierros, fue cuando un gorrión le contestó al columpio oxidado, nos miramos asombrados, fue lo mejor que nos ha pasado juntos. Ahora escucho los sonidos del terror, del dolor, de la muerte. ¿Por qué nunca me dijiste que hay sonidos que duelen?

Disculpa que me dilate contando cosas sin importancia, pero no sé por dónde más comenzar. Por lo menos tienes la fortuna de estar vivo, lo que se ve en las noticias es terrible, ya son más de cincuenta los muertos y la cifra sigue aumentando. Dicen que fueron los extraditables, pero igual pudo ser la guerrilla urbana o qué se yo, en este país no existe la paz. Las imágenes muestran al edificio del DAS en escombros, el chasis del camión se elevó hasta caer en el helipuerto, lo más alto del edificio por donde minutos antes aterrizaba el general al que, cabe mencionar, no asesinaron. En fin, ese es el resumen de nuestro día, pensé que querías saberlo.

Los doctores me hablaron, me han preguntado por ti, por tu familia, les he contado solo lo que sé, que en realidad no es mucho. Me pidieron que los contactara, creo que los muchachos de la tienda ya hablaron con tu mamá, debe de estar viajando, todos han estado muy preocupados, te mandan notas y sé que te llaman, aunque no he querido levantar el teléfono evitando a los periodistas. También me pidieron tu plan de salud y una tarjeta de crédito, tienen algunos documentos que encontré en tu cartera, los doctores te visitarán mañana.

Te preguntarás porqué te escribo todo esto… Yo me voy, Sebastián, no puedo más, te dejo a partir de hoy, no te vuelvo a ver. Te recuperarás de tus heridas pronto, mira las notas de la historia clínica, léelas con cuidado y habla con los médicos. Con amor, Clarisa.

¿Mis heridas, Clarisa? ¿De cuál de todas mis heridas me recuperaré primero?, le pregunté. Al instante entendí que estaba solo.

Aquella misma noche tomé mi historia del broche donde estaba colgada:

> Sebastián Espejo, 25 Años, Soltero. Diagnóstico: Deficiencia profunda de la capacidad auditiva por trauma severo externo (explosión).
> Notas: Se recomienda comenzar terapias, esperar un tiempo prudente para instalación de dispositivos, reposo total por varios meses, acompañamiento de bastón por presencia de vértigo en el paciente, soporte psicológico y familiarización con el lenguaje de signos (cartilla anexa).

Todo desde entonces ha sido un leve murmullo. Intenté encontrar a Clarisa y no lo logré. De ella solo me queda este cuaderno donde escribo ahora.

He regresado a la tienda con los muchachos. No paramos de vender, este fenómeno del rock en español es increíblemente bello. Soda incluyó a Bogotá en su gira para promocionar su último trabajo: *Canción Animal*. Se habla que es mejor que *Signos*.

Leo las letras y las canto como mejor venga.

El concierto será el 14 de septiembre. Todos iremos.

La Montse

Lissete Juárez

Lissete Juárez

Chihuahua, 1982
En Houston desde febrero de 2014

Me obsesionan los personajes erráticos, vulnerables, fallidos. Coqueteo con la melancolía. Mi pasado me inquieta más que mi futuro. Muy seguido todo me da igual. Tengo buen sentido del humor. Admiro la templanza. Disfruto las despedidas cuando soy yo la que me marcho. Nunca he terminado *Crimen y castigo*. Viajé sola un mes por la India. Soy impuntual. Abandono. Puedo pasar muchas horas caminando sin rumbo. Casi todo lo que digo es para ver cómo reacciona quien me escucha. No sé andar en bicicleta. Creo que es un milagro eso de salir de uno para amar al otro y una tragedia que eso no sea suficiente. Amo mudarme de ciudad. Odio mi mala memoria y no poder dormir. Lo quiero todo. A veces miento.

Érase una vez un hijo de puta que estaba todo dolorido en una cama de hospital. ¿Despertaste? ¡Despertaste! ¿O te habrás muerto sin leer esta carta? No, no lo creo, los doctores están muy optimistas, dicen que te vas a recuperar, que es cuestión de días para que despiertes. Ni modo, bien dicen que los finales felices nada más suceden en los cuentos.

Te confieso que tengo sentimientos encontrados. Por un lado te veo y quisiera que te quedaras así, yerto. Incapaz de moverte con ese encanto que fascina y enloquece, de hablar con esa elocuencia que lo mismo enamora que destruye. Otra parte de mí desea con fervor que despiertes y veas tu mundo desmoronado. Bueno, ante este ofuscamiento emocional, voy a optar por contarte una historia.

¿Te acuerdas cómo te suplicaba? *Dime la verdad, ¡por favor, dime la verdad!* Te rogué y te rogué, uno, dos, ¡tres años! Hasta que..., hasta que la conocí, diría Juanga. La verdad, lo entiendo ahora, está sobrevalorada.

Carmela los vio muy acaramelados en la terraza del Romo un día de esos soleados de mayo.

–Hasta se daban de comer en la boca –me dijo Carmela.

No me voy a entretener diciéndote cómo me puse, te lo puedes imaginar. Basta con decir que después de la crisis decidí guardar silencio y no confrontarte. Ahora lo sabía: no estaba loca, ¡tenías una amante!

Empecé a ir al Romo todos los días a la hora de la comida. Llegaba temprano para poder elegir la mesa del fondo desde donde podía ver la entrada y la terraza completa. Eres un hombrecito de costumbres, sabía que regresarías.

El día llegó, soleado y esplendoroso. Por cierto, qué linda es la terraza del Romo. Me encantan los platos tan coloridos, las flores tan aromáticas, los manteles tan finos. Todo es TAN. Y la gente, todos elegantes, guapos y alegres. Teniendo esas conversaciones interesantísimas, alzando sus copas de Chardonnay con ese desenfado, con esa certeza de que la belleza de la vida les pertenece. Esa naturalidad con la que todos disfrutaban me aplastó. Tampoco me creas tonta, sé que es un júbilo efímero, casi doloroso, como una voz castrada cantando una bella ópera.

La hostess los llevó a la mesa y enseguida apareció el mesero con una botella de vino y dos copas. O tenía poderes para leer la mente o eran bastante conocidos por ahí. Los dos se veían muy sofisticados detrás de esos lentes de sol que cubren la mitad de la cara. Estaban risa y risa leyendo juntos el periódico, tomándose de la mano y chocando sus copas. Tú le susurrabas algo en el oído cada cinco minutos y ella respondía dándote pellizquitos en el cachete. ¿Sabes? Nunca te había visto así de cariñoso y feliz.

Ella estaba de espaldas, lo único que podía ver era sus rizos platinados y sus manos moviéndose con ligereza. No necesitaba ver más, me iba rompiendo pedazo a pedazo. De todo su romantiquísimo espectáculo, lo único que me tranquilizó es que no se dieron de comer en la boca. Te juro que hubiera vomitado.

Cuando ella se paró al baño la seguí. ¿A que no te lo puedes creer? Yo, tu mujercita pendeja, ¿con esos ovarios? Pues ahí estábamos, una junto a la otra, bien pegaditas lavándonos las manos frente al espejo. Carajo, tenía que hacer algo, ¿estás de acuerdo? Pero su belleza era tan imponente que yo estaba toda atolondrada. Me sentía una bazofia. Ella llevaba puesto un vestido beige que le llegaba arriba de las rodillas y dejaba ver sus hombros. Su clavícula era dos pronunciadas líneas rectas, su piel estaba tan luminosa que parecía besada por el sol, y sus ojos, no chingues con sus ojos. Parecía que se iba a desbordar el cielo por sus ojos. Yo me tallaba y tallaba las manos, mientras ella se pintaba los labios de rosa pálido con tal esmero que parecía estar pintando la boca de la Mona Lisa. Por fin se dirigió a la salida y me dije ahorita es cuando, la voy a agarrar de los cabellos y le voy a meter la arrastrada de su vida por zorra. Y ahí iba, bien impetuosa, cuando de pronto se voltea y la tengo frente a mí. Y así con la delicadeza que ya conoces tomó el dije que colgaba de mi cuello y me dijo que era una cruz preciosa, que quería saber dónde la había comprado si no era mucho atrevimiento. No sé de dónde saqué el temple para responderle que yo las diseñaba, que estaba iniciando mi negocio y que tenía más piezas para mostrarle si quería.

–Fantástico –respondió sacando una tarjeta de presentación de su bolsa–. Espero tu llamada...

–Sarah –respondí completando la frase.

Me quedé sola en el baño mirando la tarjeta. Montserrat Galeano, Periodista. No te lo voy a negar: me temblaban las piernas de los nervios, y del coraje, claro, por no haberla arrastrado por todo el restaurante.

No era en sí la infidelidad, Isaac. Se trataba del infierno que me hiciste pasar por casi tres años. Me decías que estaba loca por creer que tenías una amante, que estaba enferma de celos, que más me valía tomar chochos o internarme en un psiquiátrico porque ya estaba alucinando, que la terapia de pareja era para incompetentes, que el problema era yo.

No había necesidad. Podías haberlo hecho de una manera más elegante, más discreta, más inteligente... y todos felices. Si el problema no es la infidelidad, es la imbecilidad.

La llamé al día siguiente. Estaba decidida a ponerla en su lugar. Ya sabes cómo es eso de la estupidez de pensar que es la amante la culpable, como si fuera la otra persona y no tu pareja la que te engaña. Me citó en su departamento. Le dije que podía el sábado a media mañana, sabiendo que tú estarías entrenando al equipo de fútbol. A ella también le quedaba perfecto ese día. Dos horas para elegir qué ponerme, dos más para arreglarme. Quería verme lo más digna posible, pero el sentimiento de inferioridad es difícil de enmascarar.

Cuando me abrió la puerta, qué te digo que no sepas, bien conoces el lugar y bien has de recordar esa blusa blanca toda vaporosa y esos jeans ajustados color crema. Jamás podría competir con ella. No solo era lo físico, eran sus movimientos etéreos, su voz ronca, sus palabras. Ese talante distante y cercano, que crea un aura de misterio capaz de seducir hasta a un hipopótamo. Me dijo que hacía rato había abierto una botella de Chardonnay, que si me apetecía una copa, que era temprano pero... La interrumpí y sin chistar respondí que sí. Necesitaba la botella entera, no solo una copa.

Montse examinaba cada una de las piezas que había llevado y yo hacía un esfuerzo sobrehumano por controlar el temblor involuntario de mi pierna derecha. Tomó unos aretes y un dije de cruz igual al mío. Me extendió un cheque y elogió mi trabajo. Me dijo que tenía mucho talento, que un día sería tan famosa como David Yurman. ¡Qué tal el subidón de autoestima!

Le pregunté sobre ella, imagínate la curiosidad que tenía por saber "quién era la mujer que me había robado tu amor". Me respondió que trabajaba para el periódico *La Jornada* y que viajaba con frecuencia. La vida soñada, pensé.

Caminó hacia la cocina y yo la seguí. Sirvió más vino y empezó a preparar una botana de quesos, uvas y pan, mientras me hacía preguntas que yo respondía con medias verdades. Me contó que era soltera y que no tenía ningún compromiso. Alzó la copa y sonriendo dijo: Y ni ganas. Alcé la copa y no te puedo explicar qué pasó, pero en ese momento ella dejó de ser la zorra roba maridos. No significabas nada en su vida, y tú vuelto un pendejo por ella. Entre el vino y la noticia de lo poco que le importabas se me fue aflojando el cuerpo. Hacía siglos que no me sentía así de relajada y que no tenía una conversación tan abierta.

Montse era siete años mayor que tú, nueve mayor que yo. Qué triste no poder decir en tono telenovelero eso de "mi marido me pone el cuerno con una gata diez años más joven". Qué risa, querido. Porque ni gata, ni diez años más joven. Ese día descubrí que nunca me ibas a dejar, y no por mí, o por ti, sino por ella. Tú sabías que no podías exigirle nada, y eso era lo que ella necesitaba. Por eso pudimos estar con la Montse, porque nos teníamos el uno al otro.

No te puedo decir que nos hicimos amigas. Hubo una conexión, eso sí, y no, no eras tú lo que nos conectaba. Eran los libros, las películas, los ideales políticos y sociales, la sensibilidad para ver que detrás del acto más ruin y del más heroico se esconde una profunda necesidad de reconocimiento.

Regresé al otro sábado, y al otro sábado, y cada sábado, así como lo oyes. Qué tal de arriesgada tu vieja, ¿eh? Era la terraza de su departamento y no la del Romo, pero nada le pedía con esa espectacular vista al Parque México. Y tú creyendo que yo andaba en un taller de literatura.

El sábado del que te quiero hablar ahora estaba nublado y medio lluvioso. Llegué por ahí de las once y media. La

Montse, igual que siempre, me esperaba con una botella de Chardonnay abierta. Hablamos de lo poco útil que es la felicidad y discutimos si el fin justifica los medios. Luego me dijo que se iba de viaje un mes a Ciudad Juárez para hacer una investigación periodística sobre los feminicidios.

Pensé que la iba a extrañar, y me reprendí por ello. ¿La extrañarías tú? Seguro que sí, cómo no extrañarla.

Le dije que por ser un día especial, ya que dejaríamos nuestros sábados de tertulia por un larguísimo mes, llamaría a mi esposo para avisarle que llegaría tarde. Le brillaron los ojitos. Sí, más, ¿cómo la ves?

–¡Fantástico! Pediremos comida china de mi lugar favorito –dijo.

Pasamos del vino blanco al vino tinto y mientras comíamos vimos una película, *Drive*, de uno de nuestros directores favoritos, el danés Nicolas Winding Refn. Pero tú, qué vas a saber de directores escandinavos. De verdad, no sé qué te vio la Montse, con lo inculto que eres. Lo divertido tal vez, porque de que eres inculto, ¡eres inculto!

En fin, ¿te acuerdas del tapete gris claro de la sala? Qué acolchado, ¿verdad? Pues ahí estábamos, sentadas sobre él, recargadas en el sillón, con las piernas estiradas arriba de la mesa de centro, platicando de la complejidad del personaje. Entonces me tomó la mano y la colocó sobre su pierna desnuda. Apenas sentía que era ella quien me guiaba a deslizarla de abajo hacia arriba de su pantorrilla, luego de sus muslos bajo la falda. Se acercó y movió mi cabello hacia atrás para dejar mi cuello expuesto. Lo recorrió con su lengua hasta llegar a mi oreja.

–Me fascinas –susurró.

Yo no pensaba nada, no podía pensar. En un instante sus manos estaban desabrochándome el sujetador, después dibujando espirales con sus dedos sobre mi espalda. Estaba tan cerquita de mí que podía ver los tres tonos de azul de sus ojos vidriosos por el vino, podía percibir su aliento caliente y frutado, podía advertir su respiración efusiva, su piel impaciente. Nos besamos. No, yo la besé, y le quité la blusa y la acaricié con sosiego, y sentí sus pezones duros bajo la seda del corpiño.

Nos desprendimos de todo, con una mezcla de ansiedad y ternura. Deseaba más que verla, escudriñar cada centímetro de su cuerpo.

Sobre el color cobre de su piel resaltaba un diminuto triángulo blanco marcado por el traje de baño en cada una de sus tetas. Ay, ¡qué tetas! Tan redonditas, tan firmes. Las recorrí despacio con mi lengua y chupé sus pezones hasta enrojecerlos. El palpitar acelerado de mi corazón se expandió a cada uno de mis órganos, a cada una de mis células, a cada partícula de mi sangre. Ella deslizó su mano hacia mi vientre y con los dedos delineó el contorno de mi cintura, de mi ombligo, de mi pelvis, para luego hundirlos en mi sexo mojado.

Está de sobra que continúe, ¿verdad?

A su regreso de Ciudad Juárez siguieron muchos sábados, martes y lunes, después un fin de semana en Acapulco en el que te inventé que iba a una exposición de joyería, ¿te acuerdas?

Muchas veces estuve tentada de contarle la verdad, de confesarle que eras mi esposo. Nunca pude, tenía miedo a perderla, aunque en algún momento llegué a fantasear con la idea de que ella me elegiría a mí, que al decírselo ella te dejaría y nosotras podríamos... No. No te burles, ya sé que no, ya sé que ni yo era la única, ni mucho menos tú el único, aunque nos hiciera sentir así a cada momento.

Deberías de haber sido tú el que quedó embarrado en el poste, tú que ibas manejando de la chingada, tú y no ella, tú. ¡Pero no! Es ella, la Montse, mi rubia, la que ya no está. Ya lo sabes, ¿verdad? ¡La mataste, cabrón!

Deambulo entre la gratitud y el odio.

Tu ex.